Sari Luhtanen schreibt seit Jahren erfolgreiche Chick-Lit-Romane und Texte für beliebte Fernsehserien wie ›Frasier‹. Sie verfasst außerdem Comics für Zeitungen und Magazine. Insgesamt hat sie bereits über 20 eigene Bücher veröffentlicht. Mit ihrem Mann, zwei Töchtern und zwei Hunden lebt sie in einer ländlichen Gegend von Finnland.

Miikko Oikkonen studierte Filmregie an der Hochschule für Kunst und Design in Helsinki. Er arbeitete zunächst in einer Werbeagentur, bevor er Mitbegründer der Filmproduktion Fisher King wurde. Miikko Oikkonen ist der Regisseur und Drehbuchautor der TV-Serie ›nymphs‹, die bislang in über 50 Länder verkauft wurde. Er lebt in Helsinki.

Weitere Informationen zum Kinder- und Jugendbuchprogramm der S. Fischer Verlage, auch zu E-Book-Ausgaben, gibt es bei www.blubberfisch.de und www.fischerverlage.de

Sari Luhtanen
Miikko Oikkonen

nymphs

Gefährliche Leidenschaft

Band 2.2

Aus dem Finnischen von Alexandra Stang

FISCHER Taschenbuch

MIX
Papier aus verantwortungsvollen Quellen
FSC® C083411
www.fsc.org

Erschienen bei FISCHER Kinder- und Jugendtaschenbuch,
Frankfurt am Main, August 2015

Die finnische Originalausgabe erschien 2014 unter dem Titel
›Nymfit. Astarten Solmu‹
und wurde für die deutsche Ausgabe in zwei Bände geteilt.

Lektorat: Julia Hanauer
Satz: Dörlemann Satz, Lemförde
Druck und Bindung: CPI books GmbH, Leck
Printed in Germany
ISBN 978-3-7335-0064-1

1

Didi rannte. Steine und Zweige schlitzten ihre Füße auf, aber sie fühlte nichts. Der Schmerz in ihrem Inneren war von ganz anderer Qualität, ein Giftbecher, in den man Ekel, Wut, Trauer und Schmerz gegeben hatte. Nadias letzter, abgebrochener Atemzug hallte noch in ihren Ohren nach, Nadias letzter Blick vor ihrem Tod. Sie konnte nicht begreifen, dass Nadia tot war. Sie hatte sie gepflegt und ihr das Genießen des Nymphenlebens beigebracht. Sie hatte sie versorgt, sie so, wie sie war, akzeptiert und zugehört, wenn es nötig gewesen war. Zu dritt, sie, Nadia und Kati …

Der Gedanke, dass Kati hinter all dem stand, war wie ein Peitschenhieb. Didi keuchte, konnte aber nicht anhalten.

Warum? Kati war Nadias engste Freundin gewesen. Didi kannte ihre Geschichte, oder zumindest Teile davon. Sie hatten so viele Gefahren gemeinsam überwunden, und Nadia hatte alles getan, um Didi zu schützen, sowohl wegen ihrer persönlichen Überzeugung als auch aus Liebe zu Didi. Die Fähigkeit zu lieben war immer Nadias Stärke gewesen. Wie hatte Kati Nadia töten lassen können? Sie hätten sie sicher beruhigen und sich mit ihr einigen können. Aber Kati hatte der Sirene erlaubt, Nadia das Leben zu nehmen. Dazu hatte sie kein Recht. Das war Mord. Mord!

Und Nadia hatte ein kleines Kind. Didi wusste, wie es war, keine Mutter zu haben. Sie hatte das Gefühl, vor Trauer zu platzen. Und unter der Trauer kam ein schäbiges Schuldgefühl zum Vorschein. Sie selbst hatte auch Menschen das Leben genommen, guten Menschen, die ihr Leben noch vor sich gehabt hatten. Sie war ebenfalls nicht unschuldig. Didis Herz schlug nun auch vor Beklemmung, aber sie rannte weiter. Sie war auf einer vom Morgentau feuchten Wiese und sah einen kleinen Wald vor sich. Unterbewusst verstand sie, dass sie seinen Schutz, das Grün und die starke Nähe der Bäume brauchte, und rannte darauf zu. Erst dann begriff sie, dass ihr jemand folgte. Die Schritte des Verfolgers waren gleichmäßig und sicher, während sie selbst manchmal stolperte und ihr Atem stockend ging. Sie wusste, ohne sich umdrehen zu müssen, dass der Verfolger ihr näher kam. War es ein Satyr? Waren sie alle bereits aufgeflogen? Sie versuchte, schneller zu laufen. Wenn sie es nur bis zum Wäldchen schaffte, würde sie dort sicher ein Versteck finden oder zumindest den Verfolger leichter abschütteln können.

»Didi!«

Didi erhöhte das Tempo und rannte, so schnell sie konnte. Kati war die Letzte, die sie jetzt sehen wollte. Die Haselnusssträucher waren nur noch ein paar Meter entfernt, da wurde sie gewaltsam zu Boden geworfen. Kati ließ sich auf sie fallen und drückte Didis Arm zu Boden. Didis Gesicht lag auf dem nassen Gras, und der Duft der Waldblumen stieg ihr sanft in die Nase. Didi versuchte, sich zu beruhigen. Es nützte nichts, sich zu wehren und alle Kräfte aufzubrauchen. Kati war stärker und größer als sie. Dann ließ sie die Erinnerung an Nadias fallenden Körper wieder wütend werden. Sie spürte, wie sie glühte und Trauer und Zorn für einen Moment in ihr brannten. Kati schrie vor Schmerz auf und ließ von ihr ab.

»Verdammt nochmal«, murmelte sie und schüttelte sich, als hätte sie einen Stromschlag bekommen. »Du musst lernen, deine Gefühlsschwankungen unter Kontrolle zu halten!«

»Fass mich nicht an«, zischte Didi. »Du hast Nadia getötet!«

Kati hatte Didi angesehen, jetzt ließ sie den Kopf

hängen und sank etwas zusammen. Aber nur für einen Moment. Schnell setzte sie sich wieder auf und robbte neben Didi.

»Warum?« Didi hatte sich umgedreht, sich ein wenig aufgesetzt und umfasste nun mit beiden Armen die Beine. Plötzlich war ihr so kalt, dass sie das Gefühl hatte, zu Eis zu erstarren. Kati zog ihre Lederjacke aus, um sie ihr umzulegen, aber Didi schüttelte den Kopf. Sie wollte keinen Trost, schon gar nicht von Kati.

»Nadia hat uns schon vor langer Zeit in Gefahr gebracht, nämlich als sie anfing, diese Medizin zu entwickeln, die deine Symptome lindern sollte«, sagte Kati leise. »Danach ist sie noch weiter gegangen. Ich weiß, dass ihr Herz gebrochen war, aber sie hat sich von dieser Trauer einnehmen lassen, hat darin gebadet, bis sie so gefühllos war, dass sie einen wichtigen Teil von sich verloren hatte … Als ich hierhergekommen bin, habe ich ziemlich schnell gesehen, wie brenzlig die Situation war. Ich habe versucht einzugreifen, aber du weißt ja, dass Nadia ihre Meinung nicht mehr ändert, wenn sie einmal etwas beschlossen hat.«

Didi versuchte zu verstehen, was Kati sagte, hatte aber immer nur wieder die furchtbare Tat vor Augen. Sie hatten untereinander vereinbart, die Nymphe mit dem Knoten mit allen Mitteln zu beschützen, aber kein Ziel konnte diese Tat wert sein.

»Nadia hatte uns an mindestens einen Menschen verraten«, fuhr Kati kurz darauf fort. »An einen so einflussreichen Menschen, dass er zu einer wirklichen Bedrohung für uns geworden wäre. Und sie hat ihre medizinischen Tests fortgesetzt. Das war an sich schon gefährlich genug. Nachdem wir getrennte Wege gegangen sind, hat Nadia sich verändert. Jespers Tod …« Katis Stimme brach. Didi versuchte, all das Gehörte zu verdauen. Sie war noch durcheinander von dem, was in den vergangenen Tagen passiert war, und die vom Satyr verursachte Wunde ließ ihre Brust schwer werden. Tränen der Hoffnungslosigkeit und unsäglicher Trauer liefen ihr über die Wangen.

»Die Todesstrafe war trotzdem zu hart«, sagte sie weinend. »Du hattest kein Recht, eine solche Entscheidung zu treffen. Wir hätten eine Weile zusammen verbringen können. Nadia hätte zugehört …«

»Das hätte sie nicht.« Kati schüttelte jetzt den Kopf. »Sie hat dich beneidet, deine Fähigkeit, so stark fühlen zu können. Das nagte an ihr, machte sie krank. Sie suchte etwas, und dieser Mensch hat ihren wunden Punkt gespürt und sie ausgenutzt. Du hast gesehen, dass es die Nadia von früher fast nicht mehr gab. Hätte die Nadia von früher gedroht, dich oder Matilda zu töten? Bilde dir ja nicht ein, dass Nadia das nicht auch tatsächlich getan hätte. Ich habe schon öfter Einblick in ihren Wahnsinn erhalten, aber in dieser Nacht hat sie die Grenze überschritten. Ich konnte sie nicht weitermachen lassen.«

Didi schüttelte es vor Schluchzen, und die Trauer saugte sie auf wie ein Wirbel. Sie weinte um ihre tote Freundin und um sich. Erst hatte sie – auch wenn sie es nicht gewusst hatte – ihre leibliche Mutter verloren, dann ihre Pflegemutter und jetzt Nadia, die sie als ihre Nymphenmutter betrachtet hatte. Warum?

Kati sah in Richtung der Häuser, von denen aus Didi auf die Wiese gerannt war. Bald würden die Menschen aufwachen. Sie stand langsam auf und wischte die Grashalme von ihrer Kleidung ab. Im Nu sah sie wieder wie sie selbst aus, stark und bereit dazu, allem entgegenzutreten.

»Wir müssen gehen, sonst sieht man uns«, sagte Kati. »Wir müssen entscheiden, was wir als Nächstes tun. Du kannst es dir jetzt nicht leisten, dich diesen Gefühlen hinzugeben. Nadia hat genau das getan, und was hat es ihr genutzt?«

Didi traute ihren Ohren nicht. Katis Worte waren gefühllos. Aber sie musste dennoch zugeben, dass Kati recht hatte. Sie wusste nicht, was genau passiert war, aber sollte Nadia tatsächlich die Nymphen verraten haben, bedeutete dies, dass die Satyrn mit ihren Netzwerken zur Auskundschaftung bald von ihnen erfahren würden. Matilda musste in Sicherheit gebracht werden, ebenso der kleine Gasparo und alle anderen. Didi ließ sich nicht von Kati helfen, sondern stand alleine auf. Schnellen Schrittes gingen sie auf Nadias Haus zu und waren viel zu schnell da. Auf der Schwelle zögerte Didi. Sie war aus dem Haus geflohen, und ihre letzte Erinnerung war die an Nadia, die leblos auf dem Boden zusammengesunken war. Kalter Schweiß stieg in Didi auf, und ihr wurde schlecht. Sie ging kurz in die Hocke und wartete, bis sie sich ein wenig besser fühlte. Kati aber stieß die Tür ohne zu zögern auf.

Sie lässt sich nicht von ihren Gefühlen leiten, deshalb ist sie wohl auch so stark, dachte Didi ein wenig neidisch und richtete sich auf. Sie musste Kati nach innen folgen.

»Guten Morgen. Was für ein schöner Tag!« Die weiche, kindliche Stimme der Sirene ließ Didi erzittern. Selene war ein merkwürdiges Wesen: Kind und Ungeheuer auf einmal. Didi wusste nicht, in welcher Verbindung Kati und Selene standen, aber jetzt war keine Zeit, um Fragen zu stellen. Sie sah sich vorsichtig um. Nadia war nicht mehr im Wohnzimmer, und erst jetzt bemerkte Didi, dass Selene einen Wassereimer und einen vom Blut roten Lappen in der Hand hielt. Sie musste auf die andere Seite schauen, wo Gasparo ruhig auf Matildas Schoß vor sich hin brabbelte.

»Sind alle Männer so fordernd?«, fragte Matilda. Sie schien müde zu sein. »Ich kann ihn keine Sekunde vom Schoß nehmen, ohne dass er anfängt zu weinen.«

»Zumindest alle Satyrn sind so«, stellte Kati trocken fest, worauf Didi sie forschend ansah. Sie wusste, dass Kati wie ein Schachspieler war, der bei allem an viele Züge im Voraus dachte, und auch jetzt merkte sie an Katis Tonfall, dass sie verschiedene Möglichkeiten abwog.

»Ich kann den Jungen nehmen, er ist so prächtig und energisch«, bot Selene umgehend an.

»Nein«, sagte Didi und stellte sich dazwischen. Sie ertrug den Gedanken nicht, dass Gasparo in den Armen der Mörderin seiner Mutter landete. »Ich nehme ihn.«

Gasparo wirkte fröhlich und strich Didi durch die roten Haare. Didi lächelte trotz ihrer Trauer. Noch wusste das Kind nichts von seinem Verlust, und das war gut so.

»Wir müssen alle Spuren beseitigen«, sagte Kati gebieterisch. »Dann machen wir uns aus dem Staub. Wenn man uns jetzt kriegt, jagen die Satyrn alle geflohenen Nymphen und töten sie erbarmungslos. Sie müssen den Aufstand unterbinden und wollen alles, was zu der Legende führt, zerstören und jedem zeigen, dass es nur eine Gutenachtgeschichte ist, die sich die Nymphen gegenseitig erzählen.«

»Ich will nicht putzen«, wimmerte Matilda. »Ich will schlafen. Können wir die ganze Hütte hier nicht einfach abfackeln?«

»Das würde auch gar keine Aufmerksamkeit erregen«, stellte Kati fest, und ihr Blick ließ Matilda verstummen, auch wenn sie sich nicht rührte, um zu helfen. Selene aber war sofort dabei.

»Ich habe schon angefangen«, meinte sie fröhlich. »Ich putze gerne.«

Das untere Stockwerk wirkte tatsächlich so, als wäre dort jede Ecke gesäubert worden. In der Küche warteten die Müllsäcke darauf, entfernt zu werden.

»Nadia ist dort in dem großen Sack«, sagte Selene, deren kleine, scharfe, weiße Zähne beim Lächeln aufblitzten, als sie den fragenden Blick der Nymphen sah. Sie wirkte äußerst fröhlich.

»Zum Glück war sie nicht sehr schwer.«

Didi drehte sich mit dem Kind auf dem Schoß zu Kati um. Sie wartete darauf, dass Kati etwas sagen oder tun würde, diese aber hängte nur ihre Lederjacke an die Garderobe und war anscheinend bereit, Selenes Arbeit fortzuführen. Ohne Gasparo wäre Didi erneut in Wut ausgebrochen, aber die Nähe des Kindes zwang sie, ruhig zu sprechen und sich zu benehmen.

»Wie begräbt man eine Nymphe?«, fragte sie Kati.

»Was?«

»Nadia liebte Traditionen. Sie war unsere Freundin«, sagte Didi mit Nachdruck. »Wir müssen sie begraben, oder was auch immer Nymphen mit Verstorbenen machen. Nadia braucht eine letzte Ruhestätte. Wie hast du denn meine Mutter, deine Schwester Rose, begraben? Hast du sie in Müllsäcken irgendwo hingeschmissen? Bevor du mich jemandem zur Pflege gegeben hast? Eigentlich muss ich dir dankbar sein, dass du mich Elina gegeben hast und nicht selbst die Pflege übernommen hast.«

Zum ersten Mal sah es so aus, als wäre Kati verwirrt. Sie steckte die Hände tief in die Taschen ihrer Jeans und dachte nach. Vielleicht dachte sie an ihre schöne Schwester, die vor langer Zeit bei Didis Geburt gestorben war und für die sie alles getan hätte. Die Stille hielt nur einen Moment an.

»Gut«, sagte Kati dann. »Wir bestatten Nadia nach den Methoden der Nymphen. Sobald wir hier fertig sind.«

2

Irgendwann war Gasparo auf Didis Schoß eingeschlafen. Sie hatte ihn in sein Gitterbett gelegt und dann den anderen geholfen. Alle Spuren von Nadia und von ihnen selbst mussten beseitigt werden. Sie hatten schwer gearbeitet, Matilda möglichst wenig, Selene leise vor sich hin summend, und langsam wurde alles fertig. Kati war zwischendurch irgendwohin verschwunden, Dinge erledigen, wie sie es genannt hatte, und hatte sich auch nicht aufgeregt, als Matilda sie erst als Sklaventreiberin und dann als Drückebergerin beschimpft hatte. Matilda wollte eine Limonade und ging nach unten. Didi folgte ihr. Als sie am Tisch saßen, begann Matilda plötzlich wie ein kleines Kind zu weinen. Erst da begriff Didi, wie überwältigend der Tag für sie gewesen sein musste. Matilda legte den Kopf auf die Arme, wobei die Haare aus dem Nacken fielen und ihr

Mal zu sehen war. Didi musste es aus der Nähe ansehen. Der Knoten der Astarte, der sie hierher gebracht hatte. Matilda weinte noch immer, und Didi hätte sie gerne getröstet, vielleicht sogar umarmt, aber eigentlich kannte sie das Mädchen gar nicht, und in ihrer eigenen Trauer fand sie auch nicht die richtigen Worte. Sie setzte sich neben Matilda. Das musste reichen.

»Eine Zeitlang dachte ich, dass ich die Nymphe mit dem Knoten sei«, sagte Didi schließlich leise. »Und viele glauben noch immer, dass ich es bin und nicht du.«

Matilda antwortete nicht, aber ihr Schluchzen schien ein wenig nachzulassen, so dass Didi es wagte, fortzufahren.

»Für Nadia war dieser Knoten wichtig. Sie glaubte daran, ebenso wie an die Freiheit. Die Legende und ich haben sie wohl enttäuscht, deshalb hat sie die Freiheit selbst gesucht.«

»Vergeblich«, sagte Matilda schluchzend. »Ich kapiere nicht, warum alle immer wieder über Freiheit sabbeln. Jeder kann frei sein, wenn er nur will.«

Didi starrte Matilda an und traute ihren Ohren nicht. Hatte das Mädchen überhaupt nicht verstanden, worum es ging? Matilda erwiderte ihren Blick fast gelangweilt. Didi überkam eine Wut, die sie nicht mehr beherrschen konnte. Sie griff nach dem Stuhl neben sich und warf ihn gegen die Wand, dass es krachte. Zumindest das beeindruckte Matilda.

»Du weißt nicht, was andere geleistet haben!«, schrie Didi so laut, dass ihr der Hals dabei schmerzte. »Du hast keine Ahnung, was wir ertragen mussten. Man hat dich die ganze Zeit in Watte gepackt. Auch dein eigener Vater ist deshalb gestorben! Und jetzt Nadia, weil du nicht weißt, was Freiheit bedeutet. Frei vom Mond und den Satyrn. Kapierst du nicht, wie unterworfen wir sind?«

Didi verstummte, als sich Matildas Gesicht plötzlich vor Schmerz verzog. Sie hielt sich den Bauch, als hätte man ihr wehgetan und schrie auf. Didis Wut verschwand. Sie war zu weit gegangen, hatte ein Kind verletzt.

»Ich weiß nicht, wie es geht«, klagte Matilda leise. »Könnte ich meine Kräfte irgendwie benutzen, würde ich das tun. Wenn ich überhaupt welche habe. Ich weiß nur, wie es sich manchmal anfühlt …«

Matilda verstummte, denn Selene war in die Küche gekommen. Die Sirene weinte. Ihre großen, wasserfarbenen Augen richteten sich auf Didi, während die Tränen die feinen Wangen entlangliefen. Didi konnte sich nicht einmal wehren, als Selene den Arm um sie legte und sie fest an ihren kühlen Körper zog. Didi wollte das nicht. Ihr graute vor Selene und ihrer Tat, aber sie konnte dieses vom Weinen zitternde Wesen auch nicht wegstoßen.

»Wir sind alle traurig«, sagte Selene klingend. »Wir dürfen nicht gegenseitig auf uns sauer sein, das verheißt nichts Gutes.«

Didi nickte und machte sich von Selene los, die sie anlächelte. Dann bemerkte Selene Blut auf ihrer Handfläche und schleckte es ab.

»Ich muss noch fertig putzen und die Eimer ausleeren«, sagte sie plötzlich völlig heiter und ging.

»Was machen wir hier eigentlich?«, fragte Matilda.

Didi überkam auf einmal ein furchtbarer Hunger, das erste Mal seit Tagen. Gleichzeitig wusste sie, was Nadia in einem solchen Moment getan hätte. Didi ging zum Kühlschrank und untersuchte den Inhalt. Sie nahm ein Tablett, legte Salami, hauchdünnen Parmaschinken und Obst darauf und versuchte, alles nett anzurichten. Sie öffnete eine Flasche Rotwein, trug Gläser zum Tisch und war gerade dabei, sich ein großes Glas einzuschenken, als Kati kam. Sie füllte die restlichen Gläser, auch eines für Matilda, bevor Kati widersprechen konnte. Matilda schaute triumphierend, vielleicht auch ein wenig dankbar. Alle hoben die Gläser, aber ein Toast war nicht nötig. Didi verteilte die Teller, und das Essen lockte schließlich auch Selene wieder in die Küche. Alle aßen stillschweigend, bis auf Selene, die bei jedem Bissen genussvolle Töne von sich gab und auch noch die letzten Krümel vom Tablett pickte.

»Und jetzt?«, fragte Didi, als sie gegessen hatten und Selene sich zufrieden ans Spülen machte.

Kati stand auf und ging ins Wohnzimmer. Didi und Matilda folgten ihr, und Kati holte eine große Stofftasche, die an der Tür hing.

»Jede tote Nymphe wird in ihr eigenes Element zurückgeführt. Nadia war Heilerin und eine starke Wassernymphe. Bald wird es Abend, dann bringen wir sie zurück ins Wasser, aus dem sie ihre Kraft schöpfte.«

Kati erwiderte Didis Blick jetzt ohne Scheu und zeigte ihr den Inhalt der Tasche: ein wertvoller, alter und sehr schwerer Stoff. Die Grundfarbe war gelblich, patiniert im Laufe der Jahre und mit Blumen und Blättern bestickt. In der Stoffmitte befand sich eine mit geschickten Stichen angefertigte sprudelnde Quelle. Didi musste tief einatmen, so schön war der Stoff.

»Woher hast du den?«, fragte sie.

»Wir gehen gleich nach oben und wickeln Nadia hinein«, sagte Kati, ohne auf Didis Frage zu antworten. »Wir bringen sie an einen ruhigen Ort am See und übergeben sie dem Wasser.«

Sie hatte kaum ausgeredet, als Matilda zu zittern anfing wie unter schwerem Fieber. Didi und Kati hatten nicht die Zeit, zu begreifen, was vor sich ging, als das

Mädchen bereits nach allem griff, was sie erreichen konnte – eine Schale auf dem Tisch, Gasparos Kuscheltier, ihre eigene Tasche –, und damit um sich warf und wie eine Verrückte heulte.

Didi verstand sie. Als sie so jung gewesen war, hatte sie selbst diese chaotischen Gefühle gehabt, die plötzlich an die Oberfläche traten. Sie hatte schlimme Wutanfälle bekommen.

Jetzt wollte sie Matilda beruhigen und griff nach deren Handgelenk. Kurz dachte Didi, schnellen Erfolg zu haben, denn das Mädchen bewegte sich nicht mehr. Dann begann Matilda, nach Luft zu schnappen. Ihr ganzer Körper spannte sich an, sie drehte sich im Kreis und fiel zu Boden. Didi erschrak. Sie wandte sich zu Kati um, wollte fragen, was sie nun tun sollten, aber auch Kati war vor Schmerz zusammengebrochen. Sie hielt ihren Bauch mit beiden Händen und versuchte, etwas zu sagen, brachte aber keinen Satz zustande. Selene, die inzwischen an der Tür stand, starrte Didi an, knirschte erst mit den Zähnen, verzog dann den Mund, der voller Schaum war, und ging in die Knie.

Didi begriff, dass sie immer noch Matildas Handgelenk festhielt. Sie hatte gehört, dass man nicht mehr loskam, wenn man eine Stromleitung anfasste. Sie strengte ihre Willenskraft bis zum Äußersten an und konnte so ihre Finger lockern. Da ließ auch Matildas

Spannung nach, Kati konnte wieder atmen, und Selene sah sie verwundert an.

»Was zum Teufel …?«, fragte Kati mit krächzender Stimme. »Was zum Teufel hast du mit uns gemacht?«

»Das war nicht ich«, antwortete Didi besorgt. »Eine solche Kraft besitze ich nicht.«

Didi konnte nicht sagen, was sie gespürt hatte. Matildas ganze Energie war durch sie hindurchgeflossen und hatte sie mit sich gerissen. Sie hatte das Bedürfnis verspürt, die elektrische Ladung irgendwohin zu leiten, hatte es aber nicht gekonnt. Und sie wusste auch nicht, ob sie es können wollte. Die Kraft hatte sich so stark, so unkontrollierbar angefühlt. Trotzdem hatte sie mehr davon gewollt. Kati ging einen Schritt auf Didi zu, aber sie wich zurück. Gerade jetzt ertrug sie keinerlei Berührung.

»Komm nicht näher«, sagte Didi. Ohne es zu sehen, wusste sie, dass Matilda sie voller Angst ansah.

»Was hast du gemacht?«, fragte Matilda.

»Glaubt mir doch, dass ich das nicht war«, rief Didi, und ihre Hände wanderten zu dem Knotenmuster auf ihrem Bauch. Es kribbelte, aber das konnte sie niemandem sagen. Es war ja eine Fälschung. Das Gefühl war wohl eine Art Phantomschmerz, es konnte nicht echt sein.

»Matilda, warst du das?«, fragte Kati.

»Didi war es!«, bellte Matilda hasserfüllt und ängstlich zugleich. Sie zeigte allen ihr Handgelenk, auf dem ein dicker, roter Brandfleck aufgetaucht war. Kati richtete einen strengen Blick auf Didi, die ungläubig den Kopf schüttelte.

»Wir müssen los«, sagte Kati dann. »Bei Pharcel, Nadias Arbeitsplatz, hat man den Verdacht, dass Warre entführt wurde, weil keine Spur von ihm zu finden ist. Die Firma will keine Informationen rausgeben, weil sie Lösegeldforderungen erwartet, aber es ist nur eine Frage der Zeit, wann die Polizei einschreitet oder aber die Satyrn Wind davon bekommen.«

Didi spürte, dass Kati das Bedürfnis hatte, die Zügel in die Hand zu nehmen. Außerdem war es bereits Abend, und je länger sie sich im Haus aufhielten, desto gefährlicher wurde die Situation für sie.

Am Seeufer riefen einige Nachtvögel. Die dunklen Umrisse der Bäume spiegelten sich im ruhigen Wasser wider, dessen Kälte auf die Ufersteine ausströmte.

Sie bildeten eine kleine, niedergeschlagene Gruppe, jede auf Distanz zur anderen, denn jede hatte das Gefühl, in ihrer Trauer allein zu sein. Für Kati war Nadia eine Gefährtin gewesen, für Didi eine Lehrerin, Matilda hatte sie kaum gekannt, und Selene sah völlig verschlossen aus. Nicht einmal Gasparo, der zufrieden seinen kleinen Teddy in der Hand hielt, lächelte sie an. Das Kind wusste nichts von der Schwere des Moments, vom Schicksal, in dessen Obhut es nun geriet.

Nadias Leiche war in den schönen Stoff gewickelt und ruhte am Ufer. Kati kniete sich mit einem Holzkasten in der Hand daneben.

»Dieser Kasten trägt Nadias Seele«, sagte sie mit ernster, fast monotoner Stimme. »Darin eingeschlossen sind ihr Herz und ihr Leib. Sie gehören zu den Ursprüngen der Nymphen, damit das Leben in die Natur zurückkehrt. Möge jede von uns Nadia etwas mitgeben. Ich gebe ihr das hier: eine kleine Dose, in der Nadia mir einst Medizin gegeben hat, als ich verletzt war.«

Kati öffnete den Kasten und legte die Dose hinein. Didi sagte nichts, nahm sich aber ein Beispiel an Kati und legte ihre Abschiedsgeschenke hinein: einen kleinen Strauß mit Pflanzen, von denen Nadia erzählt hatte, sowie ein Juteband, an dem ein kleiner Knoten hing, der Gleiche wie der auf ihrem Bauch. Nadia hatte daran geglaubt. Selene kam mit Gasparo näher und nahm ihm vorsichtig den kleinen Teddybären aus der Hand. Gasparo schien verdutzt und streckte müde die Finger danach aus. Dann warteten sie.

»Ich habe nichts«, sagte Matilda beschämt und gleichzeitig verärgert. »Mir ist nichts eingefallen.«

Wieder dachte Didi daran, wie jung und hilflos Matilda war. Sie hätte sie in den vergangenen Stunden besser unterstützen sollen, aber dazu war sie nicht in der Lage gewesen. Sie ging zu Matilda und flüsterte etwas. Kurz darauf ging Matilda zögernd zum Leichnam und dem Kästchen.

»Nimm das hier mit«, sagte sie und nahm ihre Spange aus dem Haar. »Die hätte dir gestanden.«

Kati richtete sich auf und nickte Selene zu, die einen Schritt nach vorne machte und dabei Kati das Kind in den Arm legte.

»Mein letztes Geschenk ist, dass ich dich zurück in den Schoß des Sees bringe«, sagte sie. Vielleicht erzählten die sensiblen Sinne der Sirene, wie der Gedanke an das schwarze Wasser Didi erschaudern ließ, denn sie neigte den Kopf zu ihr.

»Das Wasser macht denen Angst, die es nicht kennen, aber das Wasser nimmt auf und hilft. Es trägt und streichelt. Es befiehlt und kritisiert nicht.«

Didi hörte der Stimme des Mädchens zu, die melodiös rauschte wie ein kleiner Bach. Zum ersten Mal hatte sie das Gefühl, dass die Sirene aus ihrem eigenen Herzen und von ihren eigenen Erfahrungen sprach und nicht nur das Echo der Gefühle anderer war.

»Wenn die Welt schlecht ist, dann ist es unter Wasser friedlich und ruhig«, fuhr Selene fort. »Dort ist es schön. Unter Wasser kommen einem Fische entgegen, die grün und blau schimmern, und wenn man nach oben schaut, sieht man das Spiel der Lichtstrahlen. Dort ist es geschützt und schön.«

Nachdem sie zu Ende gesprochen hatte, watete sie ein paar Meter in den See. Der Saum ihres langen, wassergrünen Kleids breitete sich auf der Oberfläche aus, und es war, als würde sie damit verschmelzen. Dann drehte sie sich zum Ufer hin und zog den schönen Stoff, die schöne Nadia und das in das Paket gelegte Kästchen ins Wasser. Didi schloss die Augen, und als sie sie wieder öffnete, lag die Seeoberfläche völlig ruhig da. Die Sirene war nicht zu sehen.

Gasparos forderndes und hungrig klingendes Brabbeln brachte sie in die Wirklichkeit zurück.

»Der Junge braucht etwas zu essen«, stellte Kati fest und ging zum Auto, das sie ein wenig weiter weg an der Uferstraße geparkt hatte.

»Wir kommen gleich«, sagte Didi.

Sie wollte kurz mit Matilda allein sein; sie setzte sich an die Uferböschung und wartete, dass Matilda sich neben sie setzte. Beiden war ein wenig kalt, und Matilda versuchte, die Jeansjacke, die ihr ein bisschen zu klein war, enger zuzuziehen. Didi sah die blauen Flecke auf ihrem Arm.

»Du warst beim Vollmond noch mit niemandem zusammen«, stellte Didi fest. Die Zeichen waren ihr bekannt.

»Nein«, seufzte Matilda. »Und manchmal habe ich das Gefühl zu explodieren. Ich kann nichts tun. Auch jetzt fühlt es sich so an, als ob etwas in mir zerrt und mir sagt, dass ich etwas tun soll. Und mal will ich das, jemanden suchen, und mal nicht. Ich verspüre Angst und Lust gleichzeitig, und niemand hilft mir …«

»Meinst du, du hältst noch eine Weile durch?«, fragte Didi und erhielt ein leichtes Nicken als Antwort. »Versuche, es so lange du kannst auszuhalten, wenigstens noch ein paar Monate. Du musst dich nicht beeilen. Immerhin weißt du, dass du eine Nymphe bist; ich wusste das nicht und war völlig unvorbereitet. Ich hatte mich in einen Jungen verliebt und habe ihn getötet. Solange du nicht völlig der Macht des Mondes unterstehst, bist du auf eine gewisse Art frei. Wenn er dich einmal mit sich genommen hat, gibt es kein Zurück mehr, und du sehnst dich nach der Zeit, als du nur ein Mädchen warst.«

Didi konnte nicht mehr weitersprechen, denn ein Motorengeräusch kam näher. Sie standen auf und gingen zum Auto, in dem Kati auf sie wartete und auf ihr Handy sah.

»Die Satyrn sind in Nadias Haus«, sagte sie in ihrer sachlichen Art. »Steigt ein. Wir müssen endgültig weg von hier.«

Kati hatte natürlich ihre eigenen Informationskreise, dachte Didi, als sie sich neben sie setzte. Stets war sie darum bemüht, die Fäden in der Hand zu behalten. Es fiel nicht schwer, sich die ältere Nymphe als Spinne vorzustellen, die mitten in ihrem Netz saß und mit ihren langen Beinen auf das Erzittern der Fäden wartete.

»Jetzt kehren wir zu unserem ursprünglichen Plan zurück«, fuhr Kati fort, als sie losgefahren waren. »Die Nymphen müssen die Macht übernehmen. Niemand wird sie uns geben. Wir brauchen einen Platz im Konklave der Satyrn, und wenn wir stark genug sind und viele, dann bekommen wir ihn. Dafür müssen wir erst einmal nach Island.«

»Nehmt ihr Gasparo mit?«, fragte Didi. Sie hatte keine Ahnung, ob der kleine Satyr in Katis Pläne passte und was aus ihm werden würde, wenn nicht.

»Kommst du denn nicht mit?«, fragte Kati, ohne ihr Erstaunen verstecken zu können.

Didis Blick ging zum See, der langsam aus der Sicht verschwand. Sie sprach die letzten, lautlosen Abschiedsworte. Tief in ihrem Herzen wusste sie, dass sie nicht zu Katis Reisegesellschaft gehörte und es nicht ertrug, Katis Spielfigur zu sein.

»Ich bin dir einiges schuldig, aber ich glaube nicht, dass ich dir das, was du getan hast, jemals verzeihen kann«, sagte Didi leise.

»Wir kümmern uns um den Jungen«, sagte Kati, nachdem sie Didis Worte verdaut hatte. »Wir haben einen guten Zufluchtsort in Island. Frida ist dort und hat sich ein eigenes Rudel zusammengesucht. Du wärst dort auch nützlich.«

»Mein Ort ist woanders«, erwiderte Didi. Sie verstand plötzlich, dass sie die Entscheidung bereits lange zuvor getroffen hatte. »Ich habe mein eigenes Rudel, das mich beschützt und mir geholfen hat. Sie sind vor den Satyrn geflohen, um bei mir zu sein. Und ich muss mich um sie kümmern. Ich gehe nach Budapest zurück.«

»Pass auf dich auf«, sagte Kati. »Ich habe euch dort zusammengebracht, aber jetzt haben sich die Dinge anders entwickelt, als ich es erwartet habe.«

»Oh, auch du weißt nicht alles?«, fragte Didi und brachte Kati damit ein wenig zum Lächeln. Schweigsam fuhren sie zurück nach Genf. Kati suchte eine ruhige Straße und parkte dort. Alle stiegen aus.

»Grüß Frida«, sagte Didi und umarmte Kati schnell. Beide mochten keine Gefühlsduselei, und Didi konnte sich gerade nicht lange in Katis Gegenwart aufhalten.

»Pass auf dich auf. Bald ist Vollmond«, waren Katis letzte Worte.

Didi und Matilda sahen sich an und mussten lächeln.

Matilda hatte bis dahin distanziert und unerreichbar gewirkt, aber jetzt wusste sie, wie sehr sie mit Didi verbunden war. Beide traten aufeinander zu und umarmten sich. Doch sofort ließ die starke elektrische Spannung sie wieder auseinanderspringen. Diesmal war das Gefühl jedoch prickelnd fröhlich gewesen, fast schwesterlich. Sie lachten laut.

»Zwischen uns fließt Energie«, sagte Didi und umarmte Matilda vorsichtiger.

»Das hab ich auch gespürt«, erwiderte Kati.

Didi sah noch einmal durch das Autofenster nach Gasparo, aber der kleine Satyr schlief fest. Er sah aus wie ein ganz normaler, süßer Junge. Didi ging zum Kofferraum und holte ihre Tasche heraus. Dann wandte sie sich an die Nymphen.

»Geht schon, ich schaffe es ab hier alleine.«

»Bist du ganz sicher?«, fragte Kati und bot ihr damit noch einmal die Gelegenheit, ihre Meinung zu ändern.

»Ganz sicher«, antwortete Didi. Sie wusste, was zu tun war.

3

Gabriel Korda kam erfrischt und munter vom Boxen zurück. Niemand konnte behaupten, er sei als Herrscher bequem geworden, im Gegenteil. Er hatte viele mächtige Satyrn gesehen, die physischen und geistigen Reichtum als Selbstverständlichkeit betrachteten. Für Korda war das Boxen eine Übung für Körper und Geist. Wenn er zornig wurde, verursachte er nicht, wie manche Satyrn, gleichgültig unnötige Schäden. Und er war auch nicht wie die Satyrn, die nur an das nächste Vergnügen dachten. Er konnte warten und planen. Deshalb war er zum Herrscher geworden. Jetzt hätte Korda gerne seinen Körper noch einer talentierten Nymphe zur Entspannung übergeben, aber auf dem Monitor in seinem Arbeitszimmer erschien eine Nachricht. In seiner nachtblauen Seidenpyjamahose ging er zu dem mit Leder bezogenen Stuhl mit hoher Rückenlehne, und eine Nymphe half ihm dabei, seinen schwarzen Morgenmantel überzuziehen. Er gab ein Zeichen, dass er alleine sein wollte. Erst dann schaltete er den Bildschirm an.

»Wir sind hier im Privatbereich von Warre«, sagte Thomas Schöner unverzüglich. Ihm hatte Korda die Operation anvertraut, und Thomas erzählte seinem Chef, wie es vor Ort aussah: »Warre ist verschwunden. Mehrere Mitarbeiter wurden getötet, und auch wenn die örtliche Polizei ratlos ist, glauben wir, dass eine Sirene dahintersteckt.«

»Wer hat denn eine Sirene dorthin bestellt?«, knurrte Korda. Sirenen mochte er absolut nicht. Dann schüttelte er den Kopf. Das war eine Nebensache, und er musste sich auf das Wesentliche konzentrieren. »Gibt es irgendwelche Spuren von Warre?«

»Nein. Hier hat man dermaßen sorgfältig geputzt, dass wir ziemlich sicher sind, dass er getötet und die Leiche entsorgt wurde. Äußerst effizient. Zudem wurden sämtliche Aufzeichnungen zerstört und auch eines der Labore. Nahezu alle Papiere dort sind hinüber, weil man die Sprinkleranlage in Gang gesetzt hat.«

Korda seufzte. »Gibt es Anzeichen von Nymphen?«, fragte er und betrachtete genau, was Thomas ihm über den Bildschirm zeigte. Plötzlich bemerkte er etwas. Das Logo kam ihm bekannt vor.

»Bleib stehen. Auf dem Tisch von Mathias Warre steht ein Karton.«

»Der hier?«, fragte Thomas, ging näher darauf zu und filmte den mit dem Buchstaben H beschriebenen Karton.

»Genau der«, sagte Korda jetzt ein wenig erregt. »Er hätte ihn mir schon gestern per Kurier schicken sollen. Nimm ihn an dich und bring ihn mir.«

Thomas tat wie ihm befohlen und befolgte auch die anderen Anordnungen, die Korda ihm gab.

»Es gibt eine Spur, die wir verfolgt haben«, meinte Thomas betont langsam. Vielleicht war er froh, dass er sich nicht in Kordas unmittelbarer Nähe befand, als er seine Information preisgab.

»Hier war eine Frau namens Nadia Baglione angestellt, mit anderem Namen auch Rapaccini.«

Korda lachte laut auf. Natürlich. Das hieß, dass die intrigante Echaterina Ordana ebenfalls ihre Finger im Spiel hatte. Diese Nymphen agierten immer zusammen. Aber auch wenn er lachte, so schien sein Plan doch gefährdet zu sein. Er hatte bereits etwas geahnt, als alle Nymphen in seinem luxuriösen Stadthaus plötzlich einen merkwürdigen Anfall erlitten hatten. Etwas Ähnliches hatte er nie gesehen, aber er wusste, welche Kräfte so etwas zustande brachten.

»Wir haben auch Rapaccinis Wohnung gefunden,

die wurde aber geräumt und auf die gleiche Art gesäubert wie dieses Büro hier«, erklärte Thomas, nachdem er kurz abgewartet hatte. Korda bellte Thomas Schöner noch ein paar zusätzliche Instruktionen zu und schaltete dann den Bildschirm aus. Er prahlte gerne mit seiner Selbstbeherrschung, jetzt aber blitzten seine Augen auf und wurden allmählich blutrot. Er presste die Hände fest gegen die verchromten Armlehnen und ließ die imponierenden, gewundenen Hörner aus der Stirn fahren. Das bestärkte ihn, und sein Herz schlug kräftig. Er musste weitermachen und sicherstellen, dass die Vorbereitungen tadellos weiterliefen. Danach brauchte er eine erfahrene, schöne Nymphe.

Mitchell betrachtete seine Suite in Gabriel Kordas kleinem Budapester Palast und war sehr zufrieden mit seiner Errungenschaft. Kordas Geschmack war verglichen mit seinem eigenen eher schwülstig, so dass er einige Möbel rausgetragen hatte und sich stattdessen ein paar Gemälde und eine Miniaturstatue aus anderen Räumen hatte bringen lassen. Korda würde es sicher nicht bemerken. Der Herrscher der Satyrn vergrößerte seinen Besitz in einem solchen Tempo, dass er kaum selbst mehr mitkam. Mitchell ärgerte es noch immer, dass Erik Manns gesamter immenser Besitz sofort nach dessen Tod als Teil des Firmenimperiums von

Korda konfisziert worden war. Er hatte darauf vertraut, eine gewisse Provision zu bekommen, denn er war es doch gewesen, den man hinter Erik her bis nach Finnland geschickt hatte. Eine kleine Entschädigung wäre angebracht gewesen, vielleicht ein Gutshof oder ein Aktienfonds. Stattdessen musste er Korda dienen, ohne dass man ihn gefragt oder sich seine Wünsche angehört hatte. Aber es ging um den großen Preis, auf den er so lange gewartet hatte: Er würde zu einem vollwertigen Mitglied des Konklaves werden.

Jetzt aber hatte Mitchell wieder den ganzen Tag damit zugebracht, Kordas Forderungen zu erfüllen, und wollte deshalb das Laufburschen-Gefühl mit einem Bad von sich abwaschen. Mit Lucas zusammen, wenn das möglich war. Im Palast befanden sich Dienstpersonal und andere Satyrn, so dass sie vorsichtig sein mussten. Mitchell ließ seine Gedanken zu Lucas schweifen, wie er mit seinem kraftvollen Körper in der Wanne mit den goldenen Füßen ruhte. Kein schlechter Gedanke. Er schaffte es allerdings nicht einmal bis zum Badezimmer, bevor das Telefon klingelte. Es war Kordas Klingelton, deshalb riss er sich zusammen und antwortete sofort.

»Ich bin bald da«, sagte Korda ohne weitere Begrüßung. »Ich erwarte, dass man alle meine Anweisungen genauestens befolgt hat.«

»Natürlich«, erwiderte Mitchell und ärgerte sich sofort über seinen schmeichlerischen Tonfall. Er musste diese untergebene Haltung sein lassen und zeigen, dass er ein Satyr in führender Position war.

»Alles muss von bester Qualität sein. Das Essen, die Weine, die Gesellschaft«, zählte Korda auf, und Mitchell gähnte leise. Dieselbe Litanei hatte er bereits unzählige Male gehört.

»Es wäre gut zu wissen, worauf wir uns vorbereiten«, sagte Mitchell. »Dann könnten wir das Ganze noch ein bisschen ausfeilen.«

»Alles zu seiner Zeit«, antwortete Korda überheblich. »Denk daran, dass du jetzt dein Können zeigen und beweisen musst, dass dir ein Sitz im Konklave gebührt.«

Dann beendete er das Telefonat, und Mitchells Badelust war dahin. Vielleicht sollte er sich weiter um den Palast kümmern. Es war besser, nichts unbeaufsichtigt zu lassen. Eigentlich war Mitchell auch stolz darauf, dass Gabriel Korda ihn ausgewählt hatte, sich um den Palast zu kümmern. Das war ein Zeichen dafür, dass er Talent und ein Auge für so etwas hatte. Im unteren Stockwerk scheuerten die Nymphen die Böden, während die Satyrn, die zur Hilfe geholt worden waren, fast nur faulenzten. Mitchell scheuchte sie rasch an die Arbeit. Der große Saal erforderte besondere Aufmerksamkeit. Die Zeltplanen mussten von den Möbeln genommen, die riesigen Fenster geputzt und jedes einzelne Prisma der Kronleuchter poliert werden. Mitchell teilte einen Befehl nach dem anderen aus, und allmählich verstanden auch die Satyrn, dass viel auf dem Spiel stand.

»Der Besitzer dieses Palastes ist der einflussreichste der Satyrn«, erzählte Mitchell. »Wenn er nicht zufrieden mit euch ist …«

Eine Plane fiel zu Boden, und Mitchell drehte sich, um zu sehen, was darunter zum Vorschein gekommen war. Auch Lucas schwieg für einen Moment, als das weiße Licht des Alabasters im Saal glänzte. Es war die Statue, die vor langer Zeit in der Nähe von Neapel fast Mitchells Tod bedeutet hätte. Er wollte sie gerne hassen, aber sie war eine himmlische Erscheinung. Kein Wunder, dass sie große Leidenschaften erweckt hatte.

»Ich hatte nicht geglaubt, dass ich sie jemals sehen würde«, sagte Mitchell leise und lief zur Statue. Er hätte sie gerne berührt, aber etwas hielt ihn zurück. Er hatte Angst. Die Ähnlichkeit war offensichtlich. Welche Macht besaß Korda, dass er vor langer Zeit eine Statue hatte bestellen können und sich jetzt die Nymphe als Partnerin aussuchen konnte, die sie darstellte?

Auch der Rest der Anwesenden stand nun bei der Statue und sah sie schweigend an. Lucas lächelte.

Ein wenig zu verzückt, dachte Mitchell. Er befahl, die Statue schnell wieder zu bedecken. Dann setzte er die Aufgabenverteilung fort, denn sie hatten es eilig, und es war besser, ein bisschen eher fertig zu sein. Bei Korda konnte man nie wissen; der Anführer der Satyrn konnte sie auch überraschen wollen und früher hier sein. Das wäre typisch für ihn.

Die Arbeit dauerte bis spät in den Abend, bis Mitchell beschloss, dass man auch am nächsten Tag weitermachen konnte. Zumindest hatte er seinen Untergebenen gezeigt, dass er der Chef war. Die Suche nach dem Rotschopf hatte er praktischerweise an die eifrige Kommissarin Izabella weitergegeben.

Als die Vorbereitungen so gut wie beendet waren, schickte er alle schlafen und gab Lucas ein kleines Zeichen, dass auch sie sich in ihre Suite zurückziehen konnten. Dort angekommen, öffnete Lucas eine Flasche Rotwein – Mitchell hatte sie sorgfältig in Kordas Lager ausgesucht, das er selbst hatte aufstocken müssen – und hatte gerade zwei Gläser eingeschenkt, als es an der Tür klopfte.

»Herein«, sagte Mitchell lustlos. Inzwischen hatte er genug von Störungen an diesem Tag und sehnte sich nach dem Liebesspiel und Entspannung mit Lucas. Die Tür öffnete sich langsam, und dann kam eine der Nymphen herein, die man für den Palast geholt hatte. Sie sah sich ein wenig ängstlich um. Ihre golden glänzenden Haare waren zu kunstvoll herabfallenden Locken frisiert, und sie trug ein leichtes, rosafarbenes Seidenkleid, das schön die Linien ihres Körpers betonte und die runden kleinen Brüste erahnen ließ. Sie war mit duftenden Cremes behandelt worden, und ihre Wangen waren auf süße Art gerötet. Die Lippen schimmerten rot und einladend, die Haut war milchig-weiß wie der Alabasterteint der Göttin im unteren Stockwerk.

»Man hat mich geschickt, um euch zu unterhalten«, sagte die Nymphe, die ihnen eine Querflöte zeigte und den Blick zu Boden senkte.

Mitchell hätte nicht uninteressierter sein können. Er sah gelangweilt in Lucas' Richtung und erwartete, dass sein Partner auf dieselbe Weise reagieren würde, aber Lucas lächelte, wie er beim Anblick der Statue gelächelt hatte.

»Das passt mir gut«, sagte er und streckte der Nymphe die Hand entgegen.

»Ihr könnt gerne in mein Zimmer gehen!«, motzte Mitchell. Diese Schlampe aus Alabaster war wieder einmal der Grund dafür, dass er unglücklich war.

4

Die Decke der Werkstatt war eingestürzt, und von den Leuten, die darin gearbeitet hatten, waren drei ums Leben gekommen. Die Ermittlungen waren aufgenommen worden, und die Leichen waren gerade ins Institut gebracht worden. Samuel hatte bereits eine Schicht hinter sich, aber es machte ihm dennoch nichts aus, im Krankenhaus zu bleiben. Er trank den bitteren Kaffee, verzog das Gesicht und bereitete sich auf die erste Obduktion vor. Seine Pflicht zu tun war das Einzige, wozu er im Moment in der Lage war. Nach Hause wollte er nicht, denn nach Didis Verschwinden hatte es sich nicht mehr wie ein Zuhause angefühlt. Auch eine Karriere als Starchirurg, die Henry ihm vorgeschlagen hatte, strebte er nicht mehr an, genauso wenig wie er mit Raoul die Bars abklappern wollte. Ohne Didi war alles bedeutungslos geworden. Er wartete darauf, zu hören, dass alles gut war. Ein noch so kleiner Hinweis würde ihm genügen. Und vielleicht ein winziges Stück Hoffnung, dass sie eines Tages wieder zusammen sein könnten.

Samuel zog das Laken vom ersten Opfer. Es war ein alter, grauhaariger Mann, vielleicht der Werkstattmeister. Dem Gesicht nach zu urteilen war er resolut und väterlich und in guter Verfassung, schätzte Samuel, und ohne den Unfall hätte er noch ein langes und gutes Leben haben können. Samuel verdrängte alle Gedanken, die Sympathie für das Opfer in ihm hätten erwecken können, und machte sich an den Y-Schnitt.

Die Tür des Obduktionssaals knallte zu, aber Samuel setzte die Arbeit fort.

Gut, dass Hilfe kommt, dachte er, ohne den Blick von der Brust des alten Mannes zu heben.

»Samuel Koski«, sagte eine Frauenstimme.

Samuel erkannte sie sofort, würdigte Kommissarin Izabella Szabó aber keines Blickes. Er hatte schon damit gerechnet, dass sie auftauchen würde.

Auf dem Flughafen musste es Hunderte von Überwachungskameras geben. Es wäre ein Wunder, wenn er nicht auf einer davon zu sehen gewesen wäre.

»Ein zweiundsiebzigjähriger Mann, von außen betrachtet hat den Tod eine Wunde am Hinterkopf verursacht …«

»Kannst du damit aufhören?«, fragte Izabella.

Samuel widersprach nicht. Er ließ das Messer sinken, zog die Handschuhe aus und warf sie geübt in den Mülleimer. Dann wartete er auf die nächsten Fragen. Er selbst hatte auch welche. Warum warst du mit dem Mörder meines Vaters am Flughafen? Vielleicht musste er die Frage jedoch ein wenig taktvoller stellen.

»Wo ist Destinie Doulloin?«, fragte Izabella unumwunden.

»Das weiß ich nicht«, antwortete Samuel. »Sie hat mich verlassen und ist gegangen.«

Samuel hatte vorgehabt, kühl und abweisend zu sein, doch als er die Worte aussprach, zitterte er. Didi hatte ihn verlassen. Izabella kam auf ihn zu.

»Man verdächtigt sie des Mordes«, sagte sie mit tiefer Stimme. »Und ich vermute, dass du sie und die Taten von ihresgleichen gedeckt hast.«

»Ihresgleichen?«, wiederholte Samuel. Sein Herz erstarrte. War es möglich, dass Izabella von den Nymphen erfahren hatte? Und wie viel wusste sie?

»Stell dich nicht dumm«, sagte sie. »Noch kannst du dir selbst helfen, indem du mit der Polizei zusammenarbeitest.«

»War der Mann, mit dem du am Flughafen warst, auch Polizist?«

Izabella ging durch den Obduktionssaal und sah die Tische an, auf denen vier weitere Opfer auf die Untersuchung warteten. Die Schritte ihrer Pumps hallten von den gekachelten Wänden wider. Plötzlich spürte Samuel etwas. Sie hatte Angst.

»Das geht dich nichts an«, sagte sie schließlich. »Das Wesentliche ist jetzt, dass wir dieses Mädchen – ob nun Destinie Doulloin oder Didi Tasson – kriegen.«

Sie will so klingen, als wüsste sie viel, dachte Samuel, aber sie weiß wohl kaum, dass sie mit Satyrn zusammenarbeitet.

»Mein Sohn Daniel kennt das Mädchen«, sagte Izabella mit kaum hörbarer Stimme auf der anderen Seite des Raums. »Auch er kann in Gefahr sein. Ich will, dass sich dieser Teufel, diese Mörderin, von meinem Jungen fernhält.«

Jetzt war Izabellas Angst in Worte gekleidet, und Samuels Mitgefühl erwachte. Jeder hat Angst um die, die einem nahestehen. Izabella brachte allerdings sowohl sich als auch ihren Sohn in Gefahr, wenn sie in die Nähe der Satyrn geraten war.

»Ich weiß nichts über diese Dinge«, sagte Samuel dann und sah Izabella direkt in die Augen, um zu zeigen, dass er, selbst wenn er etwas wüsste, nicht reden würde. Er musste die Kommissarin aber dennoch warnen: »Du weißt nicht, wem du deine Hilfe angeboten oder von wem du Hilfe angenommen hast. Der Teufel dieser Geschichte kann jemand ganz anderes sein als Didi. Es kann sein, dass du dich und deinen Sohn in Gefahr gebracht hast.«

Izabella starrte Samuel an. Er spürte, wie die Kommissarin das bisher Geschehene hektisch überdachte und Zweifel in ihr aufkamen. Sie riss sich aber zusammen und zog den Gürtel ihres Mantels enger.

»Ich nehme die Täter fest«, sagte sie heiser, und gleich darauf knallte die Tür hinter ihr zu.

Samuel setzte sich auf einen Hocker. Bevor er weiterarbeiten konnte, musste er erst die Situation überdenken. Er wollte den Mörder seines Vaters finden.

Nachdem Didi gegangen war, hatte Samuel bereits mehrmals beschlossen, aus dem Haus auszuziehen. Er hatte schon seine Sachen zusammengepackt, aber Sofia und die anderen Nymphen waren immer liebevoll dazwischengegangen. Sie hatten ihn mit gutem Essen, Spaziergängen und Geschichten verwöhnt, seinen von der Arbeit verspannten Nacken massiert, und wie durch einen Zauber waren die von ihm auf einen Haufen geworfenen Klamotten sauber, gebügelt und zusammengelegt auf den Kleiderbügeln und in den Schubladen wieder aufgetaucht. Didis Kleider und Sachen waren unauffällig beseitigt worden. Die

Nymphen hatten dabei wohl nur das Beste für ihn gewollt.

Jetzt aber wusste Samuel, dass die Kommissarin ihn im Visier hatte. Allein die Tatsache, dass er mit Nymphen zusammenwohnte, gefährdete sie und vielleicht auch Didi. Einen solchen Gedanken konnte er sich nicht leisten, denn dann wäre sein Leben vorbei gewesen. Er musste gehen. Er würde Sofia, Alex und Tia nicht mehr erlauben, ihn zu verhätscheln. Er würde sich verabschieden. Außerdem war Vollmond. Die Nymphen hatten sicher weder Zeit noch Lust, sich um ihn zu kümmern. Sie waren immer noch Gefangene des Mondes, ob sie das wollten oder nicht. Samuel sammelte seine Kräfte und begann, zielgerichtet und genau zu arbeiten. Er vergaß die Zeit völlig und konzentrierte sich nur auf die Arbeit. Als er fertig war, schaffte er es kaum in die Umkleidekabine der Ärzte. Er zog sich aus, ließ die Kleider auf dem Boden liegen und schleppte sich in den Duschraum, wo er den Hahn aufdrehte und mit beiden Händen gegen die Wand gelehnt unter dem heißen Wasserstrahl stand. Nach einer Weile band er sich das Handtuch um die Hüfte und ging in die Umkleide.

»Na, wie geht's uns?«, fragte Raoul, der dort seine muskulösen Arme dehnte und anscheinend ebenfalls einen langen Tag hinter sich hatte. Er schien zu bemerken, wie erledigt Samuel war, und gab ihm einen Klaps auf die Schulter.

»Du hast heute gleich drei bekommen, hab ich gehört.«

»Ich muss umziehen«, sagte Samuel, setzte sich auf eine Bank und strich sich müde durch die feuchten Haare. »Du hast doch mal gesagt, dass du Platz für einen Mitbewohner hättest. Gilt das Angebot noch?«

»Ist deine Frauengeschichte endgültig vorbei?«, fragte Raoul und sah ihn forschend an. »Als Arzt verschreibe ich dagegen zwei Tage Durchsaufen und geschützten Sex mit ein paar ausgewählten Partnerinnen. Soll ich ein Rezept schreiben?«

»Nicht nötig«, erwiderte Samuel und lächelte Raoul an, auch wenn ihm nicht danach war. Raouls Energie machte ihm sogar unfreiwillig bessere Laune, aber jetzt war ihm weder nach Alkohol noch nach Frauen. Er wollte nur seine Ruhe haben, um die Situation zu durchdenken. Das konnte er nicht bei der Arbeit, und schon gar nicht in Gesellschaft der Nymphen.

»Also ja«, entschied Raoul selbst. »Was ist denn so besonders an dieser Frau? Ich muss sie mal treffen.«

»Das ist im Moment etwas schwierig, sie ist verschwunden.«

»Wie lange wart ihr denn zusammen?«

Was für eine Frage, dachte Samuel. Ich erinnere mich

nicht einmal an eine Zeit, in der Didi nicht irgendwie in meinem Leben gewesen wäre.

»Ich erinnere mich nicht einmal an eine Zeit, in der ich nicht in sie verliebt war. Aber vielleicht sind Jugendlieben nicht dafür gemacht, dass sie halten«, antwortete Samuel leise und erhielt als Reaktion ein erstauntes Pfeifen.

»Kann ich schon heute Abend kommen? Ich werfe nur alle meine Sachen in eine Tasche.«

»Klar«, sagte Raoul. *»Mi casa es su casa.«*

Samuel öffnete die Haustür und lauschte. Der Flur war dunkel. Der Vollmond schien kühl hinter seinem Rücken, und drin war es still. Die Nymphen waren sicher bereits unterwegs. Nichts konnte ihn vom Gehen abhalten. Vielleicht war es endgültig. Wenn er genauer darüber nachdachte, hatte er eigentlich nicht den geringsten Grund, in Budapest zu bleiben. Er würde vielleicht ein paar Tage bei Raoul verbringen und dann entscheiden, welche die geeignete Richtung war. Ärzte wurden auf der ganzen Welt gebraucht, und er hatte oft über einen Freiwilligendienst nachgedacht … Aber der Mörder seines Vaters war irgendwo hier. Er würde nirgends hingehen.

Samuel hängte nicht einmal die Jacke an die Garderobe, sondern wollte möglichst schnell handeln, um nicht ins Zweifeln zu kommen. Er hatte bereits die ersten beiden Stufen nach oben übersprungen, als er merkte, dass jemand in der Küchentür stand.

»Sofia? Warum bist du hier im Dunkeln und nicht auf irgendeiner Party und hast Spaß mit den anderen?«, fragte Samuel und versuchte, fröhlich zu klingen.

»Didi hat angerufen«, sagte Sofia und ging zurück in die Küche.

Samuels Müdigkeit war verflogen. Er folgte Sofia, die sich am Tisch niedergelassen hatte, und machte das Licht an.

»Was hat sie gesagt?«, fragte er. »Hat sie etwas wegen mir gesagt? Hat sie mir eine Nachricht hinterlassen?«

Samuel klang so aufgeregt, dass Sofia leise lachen musste, wenn auch ein wenig freudlos.

»Sie hat uns gewarnt«, sagte sie. »Es ist etwas Bedeutsames passiert, und die Satyrn sind unterwegs. Vor ein paar Tagen ist allen Nymphen gleichzeitig etwas Seltsames widerfahren. Die Satyrn suchen deswegen jetzt ganz fanatisch nach den Geflohenen … Laetitia und Alexandra waren schon weg, als ich nach Hause gekommen bin. Dann hat Didi angerufen, und ich habe mich nicht getraut, ihnen zu folgen. Ich habe versucht, diesen Daniel hierher einzuladen, aber er meinte, er hätte schon etwas anderes vor … In seinen Augen können wir nicht mit Didi mithalten.«

Erst jetzt sah Samuel Sofia genauer an. Die Nymphe wirkte schwach, ausgemergelt. Auf ihren bloßen Armen waren blaue Flecke.

»Du kannst nicht hierbleiben«, sagte Samuel.

»Und ich kann nicht von hier weg«, erwiderte Sofia leise. »Ich habe einmal eine Nymphe gesehen, die durch den Mond gestorben ist, aber auch das ist besser, als in der Macht der Satyrn zu sein.«

»Etwas müssen wir doch tun können!«, rief Samuel. »Lass uns die Zimmer verdunkeln, dann kommt der Mond nirgends herein. Du schaffst das …«

»Samuel, du weißt, dass es nicht nur um die Mondstrahlen geht. Seiner Kraft kann man nicht entkommen.« Sofia wiegte den Kopf nach beiden Seiten. »Und du musst auch nicht hierbleiben. Hattest du nicht vor, heute Nacht zu gehen?«

Samuel überkamen Schuldgefühle. Sofia hatte bemerkt, dass er vorhatte, die Nymphen zu verlassen.

»Für den Anfang ziehe ich zu Raoul, einem Kollegen«, sagte er in möglichst normalem Ton. »Dann überlege ich, was ich mache.«

»Du willst nicht mehr bei uns sein.«

»Darum geht es nicht …« Samuel schaffte es nicht, weiterzusprechen. Er sah Sofia in die Augen und bemerkte, wie sie bereits milchig-weiß wurden.

»Hast du Schmerzen?«

»Ja«, bekam sie zwischen zusammengepressten Zähnen heraus.

»Der Schmerz kommt in Schüben. Bald ist es wieder besser.«

Samuel ließ den Blick durch die Küche streifen. Er überlegte, wie er Sofias Zustand verbessern könnte. Vielleicht hatte Alex irgendwo passende Kräuter, oder er hatte in seinem eigenen Schrank ein Schmerzmittel, das stark genug war …

Aber er wusste, dass es nichts helfen würde. Er war Arzt, konnte jedoch nichts tun, er konnte nicht einmal den Schmerz der sterbenden Nymphe lindern. Plötzlich schlug er vor Frust und Wut mit der Faust auf den Tisch.

»Samuel?«, flüsterte Sofia, und Samuels Blick ging zu ihren Lippen, die bereits ein wenig rissig wurden. »Wäre es möglich, dass keine Nymphe eine Gefahr für dich darstellt?«

»Didi ist die Einzige für mich gewesen«, erwiderte er heiser. »Die Einzige, die ich wirklich wollte, Frau oder Nymphe.«

»Könntest du dir vorstellen …«

Die Frage blieb unvollendet. Die Nymphe wagte nicht, sie auszusprechen, und Samuel wagte nicht, zu reagieren. Er legte die Hand auf Sofias Hand. Es war unerträglich, die starke, intelligente und schöne Nymphe verkommen zu sehen. Er schloss die Augen. Dann spürte er, wie Sofia die andere Hand auf seine legte. Die Wärme wich schon aus ihrem Körper. Er wusste nicht, wie er sie trösten sollte. Dann legte sich ihre Hand auf seine Wange, und er drehte den Kopf. Er spürte die aufgesprungenen Lippen auf seinen eigenen, gierig und zerbrechlich. Er erwiderte den Kuss nicht, aber in seinem Inneren erwachte eine kleine Flamme der Lust. Als Sofia sich auf seinen Schoß rutschen ließ und stöhnte, hielt er noch immer die Augen geschlossen und wusste nicht, ob ihr Stöhnen vom Schmerz oder von der Erregung kam. Und plötzlich hatte es auch keine Bedeutung mehr. Sofia war nicht zimperlich. Die Nymphe schlang die Beine um ihn … Samuel hatte erwartet, das Bewusstsein zu verlieren, wie mit Didi jedes Mal, wenn sie einander gewollt hatten und sich auf diese Art berührt hatten. Jetzt aber war sein einziges Gefühl die Lust eines Mannes.

»Ohne dich sterbe ich heute Nacht«, sagte Sofia.

Samuel stand auf, die Nymphe immer noch auf dem Schoß. Er trug Sofia zum Wohnzimmer und hatte ihr bereits das Kleid ausgezogen, als sie sich auf das Sofa legten. Sofia zog Samuel das T-Shirt über den Kopf, und bald waren sie völlig nackt. Samuel war heiß, Sofia noch kühl von der Kraft des Mondes, aber sie wurde eindeutig wärmer.

»Bald, bald«, flüsterte sie, und dann war Samuel in sie eingedrungen. Er bewegte sich langsam, Sofia lag unter ihm und stützte sich mit dem Arm auf. Jeder Stoß war fest und heiß. Mit Didi hatte Samuel geschlafen, aber das hier war etwas anderes. Eine wahnsinnige Leidenschaft, die ihn trieb. Er wusste, dass auch Sofia ihm das Leben nehmen konnte, aber es kümmerte ihn nicht. Die Nymphe war jetzt heiß, feucht und perfekt. Er schob eine Hand unter Sofias runden Hintern, um noch tiefer eindringen zu können. Weder für seine Lust noch dafür, dass Didis Bild in seinem Kopf verschwand, schämte er sich. Er bewegte sich schneller, dann ergoss sein Samen sich in Sofia. Schließlich sank er schwer atmend und völlig befriedigt auf ihr zusammen. Als er die Augen öffnete, suchten seine Augen zuerst den Mond und dann Sofia, deren Haut einen Moment lang strahlte und funkelte.

»Du hast mich gerettet«, stöhnte sie.

5

Didi saß in einem Mailänder Hotelzimmer, das sie sich eigentlich nicht leisten konnte, das ihr der junge männliche Rezeptionist aber klammheimlich ohne Aufpreis gegeben hatte. Sie saß in einem breiten Bett mit luxuriöser Daunendecke, vor ihr der Blick auf die Altstadt von Mailand. Nicht übel. Aber der Luxus bedeutete ihr nichts. Ein solches Vergnügen musste man teilen, doch Didi hatte niemanden in ihrer Nähe. Nachdem sie sich von den anderen getrennt hatte, hatte sie eine Fahrkarte für den erstbesten Zug gekauft, der auch nur annähernd in die richtige Richtung ging, und hatte sich erinnert, wie Nadia einst von dieser schönen historischen Stadt gesprochen hatte. Didi hatte sich dort vor dem Vollmond einquartiert, auf den sie sich vorbereiten musste, um nicht zu sterben. Ebenso wie ihr Rudel, für das sie nun noch größere Verantwortung verspürte. Deshalb hatte sie es gewagt, mit Sofia Kontakt aufzunehmen.

Sie hatte Sofia am Telefon mitgeteilt, dass es ihr gutgehe. Sofia erzählte von dem seltsamen Anfall, den sie alle erlitten hatten, zum Glück aber zu Hause. Didi erläuterte den Hintergrund der Geschehnisse nicht, doch jetzt war klar, dass die Nymphen überall in der Welt dasselbe erlebt hatten. Und dafür hatte es gereicht, dass sie in einer Aufwallung von Gefühlen Matilda berührt hatte. Darüber musste sie genauer nachdenken. Didi warnte ihr Rudel davor, dass die Satyrn jetzt viele gute Gründe hatten, um die Suche nach den entflohenen Nymphen zu intensivieren. Didi wollte hören, wie es ihrem Rudel ging, und schließlich gelang es ihr auch, die wichtigste aller Fragen zu stellen.

»Wie geht es Samuel?«

»Ich glaube, er will weg«, sagte Sofia ruhig. »Er fühlt sich hier nicht mehr wohl.«

»Könnt ihr ihn nicht aufhalten?«, fragte Didi. Sie hatte bereits über eine Rückkehr nach Hause und ein Treffen mit Samuel nachgedacht.

»Das glaube ich nicht«, erwiderte Sofia. »Er hat neue Freunde, bei denen er sich wohler fühlt als bei uns. So sind die Menschen.«

Sofias Worte trafen Didi hart. Der Fehler lag nicht bei Sofia, aber genauso gut hätte sie ihr einen Schlag ins Gesicht verpassen können. Nach ihrer Genesung hatte Didi angefangen zu glauben, dass alles wieder gut werden würde, wenn sie Samuel nur treffen könnte. Sie wollte nicht mehr reden. Sie versprach, dass sie bald zurückkommen würde, warnte Sofia noch einmal vor den Satyrn und befahl den Nymphen, bei Vollmond gut auf sich aufzupassen. Sie selbst war müde – von der Trauer, der Reise – und litt noch unter dem harten Griff des Satyrs, auch wenn die Spuren des Ungeheuers schon beinahe vollständig von ihrer Haut verschwunden waren. Eine Erinnerung daran wollte sie auch nicht haben. Sie musste sich jetzt auf sich selbst konzentrieren, denn langsam stieg der Vollmond am Himmel auf, und sie spürte bereits die Anzeichen. Sie nahm ein Bad und betrachtete sich dann nackt im Spiegel. Sie war so dünn geworden, dass ihre Wangen- und Beckenknochen hervorstanden. Und die Brüste waren auch nicht gerade voll und attraktiv. Didi seufzte. Sie sah die blauen Flecke, die sich allmählich auf ihren Schenkeln und Armen ausbreiteten, und auch der Bauch war bläulich verfärbt.

Didi erinnerte sich, wie Nadia einmal die Geschichte einer Nymphe erzählt hatte, die sie in Marokko getroffen hatte. Sie hatte beschlossen, nicht mehr dem Mond unterstellt sein zu wollen, und siechte aus eigenem Willen unter fürchterlichen Schmerzen dahin.

Didi wusste nicht, ob sie dazu in der Lage wäre. Sie wollte nicht töten, aber ihr Lebenshunger war stärker, unauslöschlich. Selbst der Schmerz, den ihr der Satyr zugefügt hatte, hatte sie nur daran denken lassen, wie sehr sie leben wollte.

Didi zog sich an. Sie hatte sich neue Sachen gekauft, darunter ein oranges Kleid, das ihr gefallen hatte. Es passte zu dieser Nacht. Sie wollte leben, musste aber ein neues Leben anfangen. Stärker noch als zuvor würde sie sich an ihr Rudel binden. Nach all dem, was sie erlebt hatte, hatte sie begriffen, wie wichtig es ihr geworden war. Und sie musste den Gedanken daran, eines Tages mit Samuel zusammen sein zu können, aufgeben. Samuel hatte eindeutig genug von ihr. Und seinetwegen war es besser, ihn gehen zu lassen. Es war an der Zeit, dass Didi ihn aufgab. Auf ihn verzichtete und ihn freigab. Samuel hatte ein normales Leben verdient. Hoffentlich weit weg, denn sähe Didi ihn mit einer anderen Frau, würde sie für nichts garantieren können.

Als sie ihre Haare geföhnt und ein wenig Lipgloss aufgelegt hatte, ging sie zur Rezeption, lobte ihr wunderbares Zimmer und fragte, wo man in der Nähe gut tanzen und Spaß haben konnte. Der Mann hinter dem Tresen sah aus, als wäre er bereit, Didi seiner Mutter vorzustellen und ihr einen Heiratsantrag zu machen, verwies sie aber auf einen Ort ein paar Häuserblocks weiter und jammerte mit großen italienischen Gesten, dass er selbst die ganze Nacht arbeiten müsse. Didi winkte ihm nur und verschwand lächelnd durch die Tür.

Nach nur wenigen Minuten hatte sie die Bar gefunden, die in einem alten Gebäude untergebracht, aber modern eingerichtet war. Die italienische Popmusik war bis auf die Straße zu hören. Didi hatte etwas Härteres im Sinn gehabt, bei dem sie alles vergessen konnte, aber die Bar erfüllte ihren Zweck. Sie ging zum Barkeeper und bestellte einen Campari. *Senza soda*, nur mit Eis, wie Nadia ihn immer getrunken hatte. Der bittere Geschmack belebte sie, und die Farbe passte zu ihrer Stimmung ebenso wie zu ihrem Kleid. Bald schon bestellte sie einen zweiten, was den Barkeeper fragend die Augenbrauen hochziehen ließ. Sie lächelte und drehte sich zum Saal um. Viele Tische waren bereits besetzt, und die Leute unterhielten sich angeregt und fröhlich. Einige tanzten. Didi bewegte sich im Rhythmus, und nachdem sie noch einen dritten Campari getrunken hatte, kümmerte sie sich nicht mehr darum, dass sie ohne Gesellschaft war, und ging alleine auf die Tanzfläche.

Die Musik war weich und schmeichelnd. Vielleicht passte sie doch eher zu ihrer Stimmung als dröhnender

Rock. Sie tanzte ein paar Lieder lang und wollte dann mehr zu trinken. Diesmal bestellte sie sich Prosecco. Neben ihr tauchte plötzlich von irgendwoher ein großer, dunkler und mit attraktivem Dreitagebart versehener Mann auf, der anscheinend ihre Drinks bezahlt hatte, aber Didi zögerte. Sie wollte brennen, wie eine orangerote Flamme sein – wenn die Zeit reif war. Aber der aufgestylte Mailänder hatte es noch nicht geschafft, sie zu entflammen.

Didi ging mit ihrem Glas ein wenig zur Seite, setzte sich auf einen Barhocker und ließ den Blick durch den Raum gleiten.

Wie schön Italiener sind, dachte sie. Auch Nadia war schön gewesen … Unerwartet stiegen ihr Tränen in die Augen. Didi hatte geglaubt, sie seien inzwischen versiegt. Sie trocknete die Wangen, und da sah sie … Natürlich war es nicht Samuel. Die Beleuchtung der Bar und der Alkohol spielten mit ihr, aber in der Dunkelheit ähnelte der Mann Samuel tatsächlich ein wenig. Sie hatten beide die gleiche Haarfarbe und denselben Körperbau. Vielleicht hatten sie auch noch mehr gemeinsam. Der Mann war mit seinen Freunden unterwegs, aber während der Lärm der anderen zunahm, blieb er ruhig und stand etwas abseits. Auch Samuel war ein solcher Beobachter.

Didi bemerkte, wie einer der Männer aus der Gruppe

auf sie zukam. Vielleicht dachte er, dass Didi ihn angesehen hatte. Sie musste lächeln. Manche Männer waren so dermaßen egozentrisch. Bald schon hörte sie all die üblichen Anmachphrasen: wie schön sie war, dass eine solche Frau nicht alleine in einer Bar sein sollte … Didi ließ ihn freundlich, aber sehr bestimmt abblitzen. Der Mann, der wie Samuel aussah, schien von dem kleinen Schauspiel belustigt. Didi hob das Prosecco-Glas und prostete ihm zu. Allmählich tauschten sie Blicke aus. Nach einer Weile machte sich der Mann von der Gruppe los und wies in die Richtung der Männertoilette, machte aber einen Umweg an Didi vorbei.

»Wollen wir tanzen?«, fragte er lächelnd, und seine braunen Augen strahlten vergnügt. »Ich heiße Giacomo.«

»Dinah«, antwortete Didi. Sie wusste, was der Name bedeutete. Freiheit. Heute würde sie sich von allem Vergangenen befreien. Sie nahm Giacomos Hand, die er ihr reichte, und folgte ihm zur Tanzfläche. Dank der Musik mussten sie erst gar nicht versuchen zu reden, was Didi gut passte. Sie genoss den Rhythmus und Giacomos Blick. Er roch nach Rasierwasser mit Zedern- und Zitronenduft, jedoch nicht zu stark. Alles an ihm stimmte. Im Licht der Tanzfläche erinnerte er nicht mehr so sehr an Samuel, aber das war auch nicht so wichtig. Didi spürte die Kraft des Mondes. Er zerrte an ihr, und sie wiederum zog den Mann an. Nach ein paar Liedern lachten und schwitzten sie. Dann kam ein langsameres Lied, und Didi schlang ungezwungen den Arm um Giacomos Hals. Schon bevor das Stück zu Ende war, hatten ihre Lippen zueinander gefunden.

»Wollen wir mehr Prosecco trinken?«, flüsterte Giacomo ihr ins Ohr, als die Musik endete.

»Hast du welchen im Kühlschrank?«, fragte Didi.

Giacomo hielt sie immer noch eng an sich gepresst, und Didi wusste, dass der Wink angekommen war.

»Oh, du kannst sogar noch direkter werden?«, fragte er. »Langsam glaube ich, dass du mich für leicht zu haben hältst. Normalerweise müssen mich die Mädels mehrmals ausführen, damit sie mich wenigstens an der Hand nehmen dürfen.«

»Ich bin eine moderne Frau«, erklärte Didi ihm. »Ich nehme die Zügel selbst in die Hand.«

»Sekt habe ich vielleicht nicht, aber irgendetwas findet sich bestimmt im Kühlschrank«, erwiderte Giacomo.

Im Nu waren sie draußen. Didi spürte, dass es allmählich eilig wurde. Giacomos Wohnung lag zum Glück nur ein paar Straßen weiter. Er führte sie in ein nett eingerichtetes Wohnzimmer und brachte kurz darauf eine kalte Flasche Weißwein und zwei Gläser.

Dabei fragte er Didi alles Mögliche. Sie antwortete brav, erzählte, woher sie kam und was sie am liebsten aß, und war sehr reizend dabei. Es dauerte nicht lange, bis sie sich langsam gegenseitig auf dem Sofa auszogen. Jetzt war Didi wahrhaftig entflammt. Sie ließ es zu, dass sich das Gefühl langsam in ihrem Inneren ausbreitete. Immer heißer floss es durch ihre Adern. Sie presste den Mund fest auf Giacomos Lippen und küsste ihn, als hätte sie nie in ihrem Leben zuvor einen Mann geküsst. Ihre Brüste schwollen an und warteten darauf, gestreichelt, gebissen und mit Wein begossen zu werden. Die Haut des fremden Mannes fühlte sich so gut an auf ihrer Haut. Ihre Poren sogen seinen Geruch auf, während sie einfach nur genoss. Und ihre Lust steigerte sich. Sie schlang die Beine um Giacomo und spürte, wie das feste Glied in sie glitt. Er bewegte sich langsam, und für einen Moment reichte Didi das, doch dann warf sie sich auf ihn. Sie sah Giacomos überraschte Miene und beugte sich nach vorne, um die Schweißtropfen von seinem Hals zu lecken. Er stöhnte auf. Didi genoss ihre Macht. Sie hatte den Mann völlig in ihrer Gewalt. Dann spürte sie, wie er kam. Ihre Augen blitzten auf, und plötzlich zeichnete sich Angst in Giacomos Augen ab. Er sah sie an, als wäre sie ein Wesen von einem anderen Stern. Didis rote Haare schwangen mit den Bewegungen von einer Seite zur anderen. Sie rief etwas auf Finnisch, was sie selbst kaum verstand. Giacomo hatte Angst, fürchtete sich, aber seine Erregung ließ nicht nach. Gegen die Reize einer Nymphe war sein Körper machtlos. Didi legte die Hände auf die Brüste, und ihr Genuss vermehrte sich mit jedem Stoß. Dann wandte sie ihren Kopf dem Mond zu. Er wirkte trotzig.

Einen Moment lang noch kannst du mich beherrschen, aber eines Tages beherrsche ich dich, dachte Didi und lächelte. Mehr, mehr, rief die Lust in ihr, und sie bewegte sich noch wilder als zuvor. Dann kam sie.

Als sie den Kopf von Giacomos Brust hob, war er tot. Er sah nicht mehr erschrocken aus, sondern lächelte – glücklicher als er es jemals in seinem Leben gewesen war.

6

Samuel saß auf einer Bank vor dem Krankenhaus. Eigentlich hatte er vorgehabt, hineinzugehen, aber dann hatte er es sich anders überlegt. Der Pass in seiner Brusttasche brannte. Der Morgen nach der genussvollen Nacht hatte ihn in die Realität zurückgeholt. Überraschenderweise hatten ihn die Schuldgefühle mit einer solchen Wucht überkommen, dass er aus dem Bett gesprungen war, in das er mit Sofia geraten war. Er erkannte sich selbst nicht wieder. Er wusste nicht, wie er zu so etwas fähig gewesen sein konnte. »Liebe machen« konnte man es nicht nennen, denn bis auf das Mitgefühl und die Wut, die er empfunden hatte, als er Sofia langsam dahinwelken gesehen hatte, waren seinerseits beim Sex keinerlei Gefühle im Spiel gewesen. Sofia hatte später versucht, zärtlich zu ihm zu sein, das hatte er aber abgewehrt.

Alexandra und Laetitia waren am nächsten Tag nach Hause gekommen. Sie wussten von nichts, blühten und lächelten. Es war ihnen sicher nicht in den Sinn gekommen, dass Sofia und Samuel Didi hätten betrügen können. Sie fragten Sofia nur, ob alles ohne Schwierigkeiten vonstattengegangen war, und Sofia versuchte, so unbeschwert wie möglich zu antworten. Dann waren die Nymphen zum Alltag übergegangen. Was Samuel und Sofia anging, so gab es keinen Alltag mehr. Samuel mied Sofia, er konnte sie kaum ansehen. Nach ein paar Tagen kostete ihn das einfach zu viel Kraft. Die Selbstverachtung nagte rund um die Uhr an ihm.

An diesem Morgen hatte er getan, als würde er ganz normal zur Arbeit gehen, hatte aber seinen Pass eingesteckt. Er wusste nicht, was er tun sollte. Er wollte nicht in das Haus zurückkehren, in dem er mit Didi gewohnt hatte. Und als er nun den Eingang des Krankenhauses ansah, durch den er so oft gegangen war, begriff er, dass er keinen Grund und keine Lust mehr hatte, hineinzugehen. Aber wo sollte er hin? Der Pass befand sich in der Tasche. Mit jedem Fahrzeug wäre er schnell weit weg von allem. Die Verachtung aber würde ihn überallhin begleiten.

»Du bist immer noch nicht bei mir eingezogen«, sagte plötzlich Raoul, der gerade mit Henry aus dem Krankenhaus kam.

»Das würde auch zu deinem endgültigen Verfall führen«, meinte Henry. »Meine Gesellschaft ist sehr viel zivilisierter.«

Die beiden Männer standen nun neben Samuel, und Henry legte ihm kurz die Hand auf die Schulter. Samuel bemerkte, dass ihn beide forschend ansahen. Vielleicht sah man ihm an, was für ein willenloser Betrüger er war.

»Du siehst aus, als würdest du schwänzen wollen«, sagte Raoul.

»Ich muss nicht schwänzen, ich kündige«, sagte Samuel, der sich in diesem Moment entschieden hatte. »Ich hatte viel Spaß mit euch. Wir sehen uns.«

Samuel stand auf und hob die Hand zum Abschied. Er würde die beiden sicher vermissen, aber es lohnte sich nicht, die Sache hinauszuzögern. Er drehte ihnen den Rücken zu und ging einige Schritte, bis Raoul sich ihm geradezu in den Weg warf.

»Das passt ja ausgezeichnet«, sagte er und grinste breit. »Wir hatten auch andere Pläne. Henry will dir einen besonderen Ort zeigen.«

»Ein andermal«, erwiderte Samuel.

Henrys Hand legte sich aber erneut auf seine Schulter und griff überraschend fest zu. Samuel war verärgert, denn die Geste war weder freundschaftlich noch angenehm. Auch Henrys Blick war fordernd.

»Das Auto steht hier«, sagte er und schob ihn vor sich her.

»Alles in Ordnung«, beruhigte ihn Raoul. »Du willst diesen Ort hundertprozentig sehen.«

Samuel wusste nicht, wie er sich hätte wehren sollen oder welche Argumente er dagegen vorbringen sollte. Die beiden waren doch seine Freunde, und er bildete sich nur ein, dass sich etwas zwischen ihnen geändert hatte. Er musste loslassen.

»Okay, okay«, sagte er und lachte.

»Das klingt doch schon besser«, erwiderte Henry, und kurz darauf saßen sie im Auto.

Raoul fuhr und drehte die Musik laut, ohne sich darum zu kümmern, dass Henry sich über seinen schlechten Geschmack beschwerte.

Zunächst fuhren sie durch die Budapester Innenstadt, aber nach und nach bewegte sich das Auto in Richtung der Hügel auf engeren, mit Bäumen gesäumten Straßen. Samuel betrachtete die schmuckvollen, alten Gebäude.

»Wir sind also nicht auf dem Weg ins Ärztewohnheim«, stellte er fest. »Was habt ihr denn vor?«

»Das wirst du bald sehen«, antwortete Henry. »Wir stellen dir jemanden vor, und danach wirst du dein Leben mit völlig neuen Augen sehen.«

»Ich hätte nie geglaubt, dass ihr einen Guru habt«,

witzelte Samuel, aber nun stiegen neue Zweifel in ihm auf. Nichts war, wie es sein sollte.

Bald stand das Auto vor einem großen Tor, das sich lautlos öffnete, und danach fuhren sie über ein parkähnliches Feld auf ein großes, gelbes Gebäude zu. Ein Palast. Paläste kannte Samuel bisher nur als Museen, dieser hier aber war eindeutig in Privatbesitz. Er drehte sich um und sah Henry fragend an.

»Gleich klärt sich alles«, meinte dieser ruhig. »Noch ein klein wenig Geduld.«

Sie hielten vor einer weißen, zum Haupteingang des Palastes führenden mächtigen Steintreppe. Raoul nahm mehrere Stufen auf einmal, Samuel folgte langsamer hinter Henry. Henrys Geheimniskrämerei machte ihn misstrauisch.

»Wer wohnt hier?«, fragte er, als eine attraktive junge Frau in einem hellen Kleid ihnen die Tür öffnete. Samuel nahm etwas Bekanntes an ihr wahr, hatte aber keine Zeit, weiter darüber nachzudenken.

»Da kommt der Hausherr«, sagte Raoul und zeigte auf die Treppe in der Halle. Ein äußerst gutaussehender, dunkelhaariger und schlanker Mann kam langsam die Stufen herunter. Mit seinen tiefbraunen Augen musterte er Samuel zufrieden. Samuels Nackenhaare richteten sich auf. Etwas an diesem Mann widerte ihn sofort an. Seine Art zeugte von unermesslichem Reichtum. Die damit einhergehende Sicherheit ließ ihn überheblich wirken.

»Darf ich vorstellen: Samuel Koski«, sagte Henry förmlich und verbeugte sich sogar ein wenig, wenn auch scherzhaft.

»Angenehm«, sagte der Mann und reichte Samuel die Hand in weitem Bogen. Er ergriff sie instinktiv. Der Griff war fest, der Mann ließ Samuel nicht gleich los.

»Ich bin Gabriel Korda. Dein Vater.«

Samuel riss die Hand sofort weg. Sein Gehirn versuchte, verschiedene Informationsfetzen und Beobachtungen auf irgendeine Art logisch zusammenzubringen. Er wollte seine wirbelnden Gedanken in Worte fassen, aber es schien unmöglich. Seiner Miene nach zu urteilen erwartete der überhebliche Gabriel Korda eine Art Jubel, aber Samuel versuchte nur zu überlegen, wie er die ganze Sache aufklären konnte. Der Mann, der sich nun umdrehte und die Tür zu einem großen Salon öffnete und ihnen ein Zeichen gab, ihm zu folgen, konnte nicht sein Vater sein. Der Vater, den Samuel geliebt und verehrt hatte, war gestorben, noch dazu vor seinen Augen, er hatte sein Leben einem Satyr geopfert, damit Samuel fliehen konnte. Er wollte nicht hinter Korda hergehen, Raoul und Henry aber standen hinter ihm und führten ihn in den Saal. Korda hatte sich gerade Rotwein in ein goldgerändertes Kristallglas geschenkt, und Raoul und Henry folgten seinem Beispiel ungeniert. Samuel reagierte nicht, als man auch ihm etwas anbot. Er wäre gegangen, hätte er nicht eine Erklärung hören wollen für diese absurde, geradezu lächerliche Situation.

»Das ist ganz eindeutig ein Missverständnis. Ich kannte meinen Vater«, sagte Samuel möglichst ruhig. »Er war ein guter Mann.«

Samuels Worte enthielten die unausgesprochene Feststellung, dass er Korda nicht für einen solchen Mann hielt, was diesem nicht verborgen blieb. Kordas Augen blitzten plötzlich rot auf, wenn auch nur für den Bruchteil einer Sekunde. Das genügte Samuel. Angst und Hass überkamen ihn unverzüglich. Korda bemerkte auch das und lachte.

»Genau, mein Junge«, sagte er. »Ich bin kein guter Mann. Ich bin ein guter Satyr.«

Samuel drehte sich zu Raoul und Henry, um zu sehen, wie diese Neuigkeit auf seine Freunde wirkte, aber beide setzten sich nur in die protzigen Sessel und genossen ihren Wein. Da wurde Samuel alles klar. Die Männer, in deren Gesellschaft er sich so wohl gefühlt hatte, waren ebenfalls Satyrn. Sie hatten sich absichtlich mit ihm angefreundet, ihn mitgenommen, und waren dabei die ganze Zeit Teil dieser merkwürdigen Intrige gewesen.

»Ja, hier gibt es einiges zu verdauen«, sagte Korda, ohne seine Ungeduld zu verbergen. »Du bleibst jetzt hier, und wenn du ganz in der Gesellschaft von deinesgleichen in dieser passenden Umgebung bist, merkst du sicher, dass dein Platz hier ist. Die Macht der Satyrn fließt in deinem Blut. Sie weckt in dir ...«

»Meine Mutter ...«, unterbrach Samuel Kordas Eigenlob. Er konnte nicht glauben, dass seine Mutter ihn sein ganzes Leben lang angelogen hatte. Er wollte hören, wie Korda sich selbst in die Falle ging.

»Manche Menschen sind etwas ganz Besonderes«, sagte Gabriel Korda. »Sie war im Freiwilligendienst und hat im Krieg im Libanon geholfen, als ich sie auflas. Sie war erstaunlich leidenschaftlich für eine Menschenfrau ... Ich gestehe, dass ich mich um das halbblütige Kind nicht sonderlich geschert habe, und ließ sie entscheiden, wie wir die Sache erledigen. Sie fand eine gute Lösung.«

Samuels Finger gingen zu dem Eichenamulett an seinem Hals. Er wusste, dass seine Mutter im Libanon gewesen war und dass sie gleich nach ihrer Rückkehr nach Hause Samuels Vater getroffen hatte. Alles war ganz schnell gegangen, so hatte seine Mutter es immer gesagt. Samuel wusste nicht mehr, wem er glauben sollte.

Eine dunkelhaarige Frau kam ins Zimmer und flüsterte Korda etwas ins Ohr. Dieser schien kurz zu überlegen und nickte dann. Er wandte sich an Henry und Raoul.

»Kümmert euch darum, dass Samuel es gemütlich hat«, sagte er. »Die Nymphen haben ihm ein Zimmer gerichtet, dort findet sich alles Nötige.«

»Ich werde nicht hierbleiben«, erklärte Samuel.

»Das liegt im Moment nicht in deiner Entscheidungsgewalt, denn ich will alle meine Blutsverwandten hier haben«, sagte Korda und lächelte kühl. »Ich muss jetzt ein paar Dinge erledigen. Wir sehen uns später.«

Mit diesen Worten verschwand er. Samuel begriff, dass er gefangen war. Im Palast befanden sich viele Leute. Zumindest jetzt würde es ihm nicht gelingen zu fliehen. Vielleicht war es am klügsten, so zu tun, als gehorche er, als wolle er bleiben.

»Samuel«, sagte Henry. »Du gehörst zu uns, auch wenn das jetzt nicht so scheinen mag. Lass Raoul und mich dich leiten, und hör auf dich selbst, dann wirst du es merken.«

»Gabriel ist unser Herrscher«, sagte Raoul, der lange geschwiegen hatte. »Er führt das Konklave an, das über die Angelegenheiten der Satyrn entscheidet. Er ist in vielerlei Hinsicht der Mächtigste von uns.

Dich achten wir schon allein deshalb, weil du sein Sohn bist.«

»Zeigt mir, wo ich hinsoll, und dann lasst mich in Ruhe«, erwiderte Samuel mürrisch.

7

Es dämmerte bereits, als Didi die Tür aufstieß. Das Stimmengewirr und der sanfte Geruch nach Käse und Obst sagten ihr sofort, dass sie zu Hause war. Sie stellte ihre Tasche auf den Boden und lief in die Küche. Als Sofia, Laetitia und Alex sie sahen, stürzten sie sofort auf sie zu und warfen sie fast zu Boden. Alle lachten und weinten abwechselnd und beschwerten sich bei Didi, dass sie ihr Kommen nicht angekündigt hatte. Schnell war eine Weinflasche geöffnet und alles Mögliche auf dem Tisch angerichtet. Alle kümmerten sich sehr um Didi. Unangenehme Themen wurden so lange wie möglich vermieden, aber als genug Wein geflossen war, waren auch sie unumgänglich.

»Samuel ist also nicht mehr hier«, stellte Didi fest.

Tia und Alex sahen Sofia an, die ein wenig verärgert darüber schien, dass man ihr die Übermittlung der schlechten Nachrichten überließ, dann aber nur die Schultern zuckte.

»Er wollte nicht bleiben«, sagte sie. »Oder zumindest ist er verschwunden, ohne ein Wort zu sagen.«

Didi runzelte die Stirn. Das war überhaupt nicht Samuels Art.

»Ist hier irgendetwas passiert?«, fragte sie.

»Ich weiß nur, dass diese Szabó ihn bei der Arbeit aufgesucht hat und er sich Sorgen gemacht hat«, antwortete Sofia. »Samuel meinte, dass sie von uns weiß … also was wir sind.«

Didi seufzte auf. Die Situation hatte sich also verschlimmert. Sie konnte nicht allzu viel von den Ereignissen in Genf erzählen, musste sich aber versichern, dass sich alle der Gefahr bewusst waren.

»Die Satyrn suchen uns intensiver als zuvor, und hier haben wir auch die Polizei am Hals«, sagte Didi. »Wir müssen möglichst normal leben. Ihr geht arbeiten, und ich gehe wieder an die Uni. Wenn jemand fragt, erkläre ich meine Abwesenheit damit, dass ich eine schlimme Grippe hatte.«

Oder dass mir mein Freund das Herz gebrochen hat, weil er fremdgegangen ist, dachte sie für sich. Das wäre auch nicht weit von der Wirklichkeit entfernt. Der harte Griff des Satyrs war nichts gewesen gegen ihren Schmerz. Diese Wunde würde heilen. Sie bemerkte, wie elend sie aussah, und zwang sich zu einem Lächeln. Sie mussten doch froh darüber sein, wieder alle zusammen sein zu können. Fast alle.

»Ich vermisse Samuel«, meinte Tia ein wenig beschwipst. »Irgendwie habe ich mich daran gewöhnt, mit Menschen zusammenzuwohnen. Es war ganz schön, dass es hier einen Mann gab …«

Tia unterbrach sich, als sie bemerkte, wie Alex und Sofia sie warnend ansahen. Didi gähnte breit. Sie wollte kein Wort mehr über Samuel hören, und zudem war sie todmüde.

»Ich gehe schlafen«, sagte sie. »Davor will ich aber noch etwas sagen. Ich liebe euch alle. Ihr seid jetzt mein Rudel. Ich weiß, dass ihr mich beschützt, Kati hat euch deshalb hier zusammengerufen. Aber meine Aufgabe ist es auch, euch zu schützen. Es scheint, als müssten wir schwierige Dinge erledigen, und ich muss darauf vertrauen können, dass ihr tut, worum ich euch bitte.«

Die Nymphen nickten stumm. Als Kati sie zusammengebracht hatte, war das Einzige, was sie verband, ihr gemeinsames Zuhause. Jetzt aber gab es Sorgen und Ängste, die sie zusammenschweißten. Didi ging nach oben, während die anderen in der Küche blieben, um sauberzumachen.

Für Didi war es einerseits schön, zu Hause zu sein,

aber den Moment, in dem sie die Tür zu ihrem und Samuels Schlafzimmer öffnen musste, hatte sie gefürchtet. Die Leere war mit den Händen zu greifen. Die Nymphen hatten anscheinend Samuels Sachen weggebracht, um zu vermeiden, dass sie schmerzhafte Erinnerungen in ihr weckten; die Leere aber schmerzte fast noch mehr. Sie hatte fest beschlossen, Samuel zu vergessen, wusste aber eigentlich nicht, wie. Die Nacht mit Giacomo hatte nur kurzfristig gewirkt. Didi ging sich waschen. Das Bett war natürlich frisch bezogen, und sie schlüpfte unter die kühle Decke. Jetzt war es allein ihr Bett. Sie versuchte, sich darin breitzumachen, hatte sich aber doch bald auf ihre Seite gerollt. Ihre Hände wanderten zu dem Knotenmuster auf dem Bauch. Es kribbelte ein wenig, den Grund dafür konnte sie aber nicht verstehen. Matilda war die echte Nymphe mit dem Knoten. Die Kraft, die von ihr auf Didi übergegangen war, hatte sich seltsam angefühlt. Sie selbst verfügte nicht über eine solche Kraft. Ihr war jetzt aber bewusst, dass sie den Kampf für die Freiheit weiterführen mussten. Didi wollte Kati glauben; wenn sie stark genug waren, würden sie die Satyrn und sogar die Macht des Mondes besiegen. Sie musste lächeln. Kati hatte viel Mühe damit, auf Matilda aufzupassen und an deren Fähigkeiten zu feilen; das Besiegen von ein paar Satyrn war dagegen vielleicht ein

Leichtes. Didi war todmüde und versuchte zu schlafen, aber sie war zu unruhig dafür. Sie überlegte kurz, ob sie Alexandra um ein Heilmittel bitten sollte, doch das hätte die Nymphe zu sehr in Sorge versetzt, und sie hätte sicher verlangt, Didi gründlich untersuchen zu dürfen. Lieber verbrachte sie eine schlaflose Nacht. Sie drehte das Kissen um und schloss entschieden die Augen. Vergeblich. Nach einer Weile hatte sie es satt, sich von einer Seite zur anderen zu drehen. Sie stand auf, schlang sich die Decke um und ging zum Fenster. Es lag ein schwacher Duft in der Luft. Sie öffnete das Fenster und schnupperte. Der Duft kam nicht von draußen. Die Decke fiel zu Boden, als sie durch das Schlafzimmer ging und versuchte, herauszufinden, woher der Duft kam. Schließlich bückte sie sich und entdeckte ein undefinierbares Bündel. Sie zog es hervor. Samuels ausgeblichener, blauer Kapuzenpulli, den er schon eine Ewigkeit besaß. Didi hatte ihn oft lachend ermuntert, ihn doch wegzuwerfen oder eine anständige Beerdigung dafür zu veranstalten, so abgewetzt war er an manchen Stellen, aber Samuel hatte es nicht übers Herz gebracht, sondern gemeint, dass er sich darin immer gut fühlen würde.

Didi setzte sich auf den Bettrand. Sie konnte nicht widerstehen und legte sich den Pullover um die Schultern, so dass sich Samuels Duft um sie herum verbreitete. Es war ein verwirrendes Gefühl – als läge sie in seinen Armen. Didi schlang die Arme fester um sich. Das war alles, was von ihrer Beziehung übrig geblieben war … Plötzlich spürte sie eine merkwürdige Beklemmung. Sie hatte das Gefühl, Samuel erzählte ihr, wie durcheinander und ratlos er war. Verängstigt und zornig, an einem ihm unbekannten Ort. Didi hatte sofort das Bedürfnis, den Pullover zu streicheln, auch wenn das Samuels Situation nicht leichter machen konnte.

Außerdem bilde ich mir das alles ja nur ein, dachte Didi und ärgerte sich über sich selbst. Und dennoch war alles so wirklich …

Didi schüttelte das Gefühl entschieden ab. Sofia hatte ihr gesagt, dass aus einer Beziehung zwischen einer Nymphe und einem Menschen auf lange Sicht nichts werden konnte. Das musste sie in ihren Schädel bekommen. Sie legte den Pullover zögerlich ab, warf ihn dann aber in die Ecke. Der wertlose Lappen gehörte in den Müll. Außerdem war morgen ein neuer Tag. Sie hatte allen befohlen, die Kulissen des Alltags möglichst effektiv aufrechtzuerhalten, und morgen würde sie selbst genau das tun.

8

Mitchell fiel es schwer, sich auf seine Gedanken zu konzentrieren. Mal fühlte er physischen Schmerz, dann wieder trieb er ruhig dahin, weit weg … Er vermisste die Zeit in London. Dort hatte er sich mit Lucas zusammen wohl gefühlt und sich in den Bankerkreisen leicht assimilieren können. Sein protziger Stil hatte niemanden irritiert, auch nicht seine Kunstsammlerei oder seine enge Beziehung zu Lucas. Er war auf Erik Manns Befehl dorthin geschickt worden, als man die Spuren des aus dem Weg geräumten Satyrmeisters Laurent verwischen musste. Laurent war, milde ausgedrückt, unberechenbar gewesen, mehr als Gabriel Korda und Erik Mann zusammen. In seiner selbst für Satyrn unerhörten Habgier hatte er äußerst verworrene Anlagearrangements über die Bank Saltman & Saltman getätigt. Wer Laurent schließlich eliminiert hatte, war unklar. Das Konklave schien den ehrgeizigen Gabriel Korda im Verdacht zu haben, Erik Mann aber eine noch höhere Instanz. Er meinte, die Götter selbst hätten Laurent beiseiteschaffen wollen. Mitchells Erfahrung nach ging meist alles daneben, wenn die Götter beschlossen, in die Ereignisse einzugreifen. Sie waren wankelmütig und dabei allwissend, wie Erik Mann zu sagen pflegte.

Außerdem hatten Gabriels und Eriks ewige Streitereien und der erbitterte Kampf um den Vorsitz des Konklaves die Situation noch unübersichtlicher gemacht. Erik hatte die Abstimmung knapp verloren und hatte von Korda den Auftrag bekommen, sich in die Londoner Bank einzuschleusen und nach und nach das von Laurent erzeugte Durcheinander aufzuräumen. Erik hatte nach reiflicher Überlegung seine Nymphe Rose nach London geschickt. Sein eigentliches Ziel war aber immer noch gewesen, Gabriels Macht zu brechen.

Rose, dachte Mitchell und verzog das Gesicht, als hätte er etwas Schlechtes gegessen. Diese Nymphe war der Ursprung und die Wurzel allen Übels. Erik war völlig im Bann der Rothaarigen gewesen. Er hatte niemandem so sehr vertraut, und die Trennung von Rose hatte ihm ziemlich zugesetzt. Alle Satyrn hatten unter dem Zerwürfnis der beiden Mächtigsten im Konklave gelitten, und ebenso die Geschäfte. Nach einer Weile waren bei Erik Zweifel an Roses Effektivität gekommen, und so hatte Mitchell die Erlaubnis bekommen, ihr hinterherzureisen.

London, dachte Mitchell und sah vor seinem inneren Auge exquisite Männerclubs, erfolgreiche Büros und die maßgeschneiderten Anzüge von Savile Row … Er hatte verfolgt, wie Rose nach und nach Laurents Durcheinander in Ordnung brachte, aber viele Spuren hatten noch zu einem Kunden der Bank geführt, einem grauen, völlig normalen Mann namens Alfred Herms.

Mitchell bemerkte, wie er wieder überlegte, wer dieser Mann eigentlich gewesen war, aber plötzlich schreckte er auf und spürte, wie ein heftiger Schmerz ihn durchzuckte. Er begriff, dass er gekrümmt auf dem Boden lag, und er versuchte sich zu bewegen, konnte es aber nicht, denn er war mit Handfesseln an ein Gitter gebunden und hatte schwere Ketten an den Füßen. Was war mit ihm geschehen? Bruchstückhafte Erinnerungen kamen ihm in den Kopf. Kommissarin Szabó hatte ihm eine Nachricht geschickt mit der Information, dass sie Destinie Doulloin in eine Falle gelockt hatte und schnellstens Hilfe bräuchte. Mitchell war sofort zu der von Izabella genannten Adresse gefahren und ohne zu zögern in das Haus gegangen. Jetzt verfluchte er seine Unvorsichtigkeit. Er hatte einen Stich am Hals gespürt, Izabella im Schatten gesehen und danach erinnerte er sich an nichts mehr, außer an den Schmerz, der jetzt wiederkam.

»Ziemlich praktisch, dass man diese Elektroschockpistolen in jedem Baumarkt bekommt«, hörte er Izabellas ruhige Stimme. »Und dann ist mir noch diese verlassene Polizeiwache mit den leerstehenden Zellen eingefallen, mehr braucht es gar nicht.«

Mitchell öffnete langsam die Augen. Er wusste, dass es sich nicht lohnte, sich aufzuregen, denn die Kommissarin hatte ihn in ihrer Gewalt.

»Was willst du eigentlich?«, fragte Mitchell. »Mach mich sofort frei. Wir sind mitten in einer wichtigen Untersuchung!«

»Ich bin normalerweise nicht leichtgläubig«, erwiderte Izabella. »Allerdings habe ich die ganze Sache mit Interpol geschluckt. Es ist dir gelungen, mich zu beeindrucken, aber dann habe ich einen kleinen Tipp erhalten und meine eigenen internationalen Kontakte benutzt. Es sah ganz so aus, als hätte Herr Mitchell Brannegan ein Spielchen mit mir getrieben. Dann habe ich noch einmal die Aufnahmen vom Flughafen angesehen. Es hat ein bisschen gedauert, bis ich alles zusammenbekommen hatte. Du hast dem blonden Mann ein Zeichen gegeben, bevor das Mädchen tot zu Boden gesunken ist. Ihr kanntet euch. Wer seid ihr?«

Izabellas Frage wurde von einem neuen Stromschlag begleitet. Mitchell erzitterte und befürchtete, beim nächsten Mal seine Blase nicht mehr unter Kontrolle zu haben. Der Gedanke war unerträglich, und dabei ließ der Schmerz in ihm eine Aggression hochkommen, die er nicht mehr unterdrücken konnte. Er riss an den Ketten. Seine Augen leuchteten auf, und kurz darauf stießen die Hörner kräftig aus der Stirn. Er knurrte dumpf, und Izabella wich zurück. In ihren Augen lag blanker Horror. Das befriedigte Mitchell, aber gegen die Ketten kämpfte er vergeblich.

»Samuel Koski hat die Wahrheit gesagt«, flüsterte Izabella und schnappte nach Luft.

»Samuel Koski!«, platzte Mitchell los und lachte dann, um zu zeigen, dass er keine Angst vor der Frau hatte. »Du hast keine Ahnung, worauf du dich eingelassen hast. Diese Stadt gehört seit Hunderten von Jahren den Satyrn, und unsere Macht wächst beständig. Budapest war immer unser Spielplatz, aber bald werden neue Zeiten anbrechen.«

»Was passiert hier?«, fragte Izabella.

»Deine größte Sorge sollte die rothaarige Nymphe sein«, antwortete Mitchell. Er konzentrierte sich darauf, ruhiger zu werden. Im Verhandeln war er immer gut gewesen.

»Die Satyrn kann ich von dir fernhalten, aber die

Nymphe mit dem Knoten ist eine Mörderin. Sie nimmt jedem Mann, der ihr ins Netz geht, das Leben. Und sie bekommt jeden in ihr Netz.«

Mehr braucht Mitchell nicht zu erklären. Er hatte Izabellas schwächste Stelle getroffen, ihren Sohn. Im Vorlesungssaal war dem Satyr mit einem Blick klargeworden, dass der dunkelhaarige Junge, der Sohn der Kommissarin, völlig im Bann der Nymphe war, die beständig Schaden verursachte. Mitchell verstand diese Anziehungskraft nicht, aber sie kam ihm sehr gelegen. Jetzt war der Moment.

»Die Nymphe mit dem Knoten«, sagte Izabella nachdenklich.

»Man erzählt eine Legende über sie, ein Märchen, das sie sowohl für die Satyrn als auch für die Nymphen wichtig werden lässt. Wir wollen sie aus dem Weg haben. Ich überbringe sie dir, und du kannst mit ihr machen, was du willst. Du bist in Sicherheit, und dein Junge ist es ebenso. Wir haben dasselbe Ziel. Lass mich frei, dann bringe ich dir Destinie Doulloin.«

Mitchell sah, wie es im Kopf der Kommissarin arbeitete. Sie überdachte die Situation, wobei es für Mitchell unmöglich war zu wissen, wie sie sich entscheiden würde. Er spürte, dass es am besten war, ruhig zu bleiben, aber er war ungeduldig.

»Na, wie sieht es aus?«, fragte er.

»Ruhe, ich überlege«, erwiderte Izabella.

Da spürte Mitchell, wie erneut Strom durch ihn hindurchfloss. Er versuchte, eine Nachricht an seine Blase zu schicken, aber es war hoffnungslos. Der nasse Fleck zwischen seinen Beinen breitete sich schnell aus.

Maßgeschneiderte Hosen, dachte er verärgert, bester Wollstoff.

9

Das lebhafte Treiben der Universität war eine ganz andere Welt als die, in der Didi in der letzten Zeit gelebt hatte. Sie hatte es vermisst. Manche Studenten sprachen über neue Filme, manche lösten mathematische Aufgaben, manche diskutierten Beziehungsprobleme, und manche unterhielten sich angeregt über Politik. Wie befreiend das war! Sie traf Bekannte, fragte nach Notizen zu den Vorlesungen und nach Neuigkeiten. Manchen wunderten sich, wo sie gewesen war, aber alle hatten ihre eigenen Vorstellungen, und da sie es mit Absicht vermieden hatte, sich mit jemandem anzufreunden, war ihr Fernbleiben nicht weiter bemerkt worden. Es war einfach, auf den Fluren mit dem Strom zu gehen, und sogar die geschmacklosen Gerichte der Mensa schienen auf einmal verlockend.

Didi saß dort und suchte ihre Sachen für die nächste Vorlesung zusammen, als sie an einem anderen Tisch Daniel sah. Sie freute sich. Daniels ausdrucksstarkes Gesicht ließ sie lächeln. Er erklärte gerade etwas und gab einem Kumpel seine Kopfhörer. Vielleicht hatte er ein neues Stück für seine Band geschrieben.

Vielleicht über mich, dachte Didi leicht selbstgefällig. Als hätte Daniel ihre Gedanken gehört, drehte er sich um, und ihre Blicke trafen sich. Daniels Augen leuchteten auf. Er riss seinem Freund, der erschrak, die Kopfhörer aus dem Ohr, nahm seine Tasche und rannte so auf Didi zu, dass viele in der Mensa verstummten und sich umdrehten, um sie zu sehen. Didi wurde rot. Daniels Spontaneität tat gut.

»Wo warst du denn?«, fragte er und umarmte sie lange, bevor er sich einen Stuhl heranzog und sich direkt neben sie setzte.

»Ich habe bestimmt zwanzig jammervolle Stücke über meine Sehnsucht geschrieben. Mein Rockerimage hat einen ziemlichen Schaden erlitten.«

»Oje«, sagte Didi und verdrehte die Augen, um ihr Mitleid zu zeigen. »Was für ein furchtbares Schicksal.«

»Ich habe es auch nicht geschafft, für die Prüfungen zu lernen«, klagte er. »Wenn ich durchfalle, ist das deine Schuld.«

»Ich gehe zum Dekan und übernehme die volle Verantwortung«, versprach Didi. »Ich sage, dass ich dir nicht genug Aufmerksamkeit geschenkt habe und deine Gehirnzellen deswegen verkümmert sind.«

Die Mensa leerte sich, was bedeutete, dass die Vorlesungen weitergingen. Daniel sah Didi an.

»Hast du heute noch was?«

»Geschichte der Ästhetik«, antwortete Didi. »Ich habe gerade die Bücher dafür bekommen ...«

»Du gehst nicht«, sagte Daniel.

»Nein?«

»Nein, du musst nämlich mit mir schwänzen. Das bist du mir schuldig, wo du mich so in Bedrängnis gebracht hast.«

Didi schüttelte den Kopf, musste dann aber lachen. Kurz darauf gingen sie die Treppen der Universität hinunter. Daniel fragte, wo Didi hinwollte, und nachdem sie einen Moment überlegt hatte, schlug sie den Botanischen Garten Füvészkert vor. Daniel sah sie erstaunt an.

»Nicht in einen Schuhladen? Oder in eine Bar, um mit einem gutaussehenden Begleiter gesehen zu werden?«, fragte er nach.

»Oh, kennst du so einen?«, konterte Didi.

»Lass uns gehen«, sagte Daniel.

Didi wollte tatsächlich in den Park. Sie wollte frische Luft schnappen, das Grün und den Duft der Pflanzen genießen. Sie wusste, dass ihr Herz unter einem über hundertfünfzig Jahre alten Ginkgobaum ruhiger schlagen würde. Und sie wollte mit Daniel dorthin.

Auf seinem Motorroller fuhren sie zum Botanischen Garten, und Didi führte ihn an ihren Lieblingsort, zu den prachtvollen Ginkgos, die sie liebte und die nicht nur Bäume waren, sondern lebende Fossilien, die ihre Gedanken stets weit zurück in die Geschichte führten. Hier konnte sie ihrer Phantasie freien Lauf lassen. Sie wählte einen der Bäume aus und setzte sich darunter. Daniel kam neben sie, und sie lehnten sich nebeneinander an den starken Stamm. Didi nahm ein Blatt vom Boden und strich über die Adern. Der Gedanke, dass sie noch vor ein paar Jahren einen Schreianfall oder etwas noch Schlimmeres bekommen hätte, wenn ihr jemand einen Ausflug zum Pflanzen ansehen vorgeschlagen hätte, brachte sie zum Lachen. Oder wenn gar jemand gesagt hätte, er verstehe Pflanzen und die Pflanzen ihn. Nachdem sie zur Nymphe geworden war, und vor allem nachdem klargeworden war, dass sie eine Naturnymphe war, hatte sie eine neue Seite an sich entdeckt.

Daniel nahm eine Wasserflasche aus der Tasche, öffnete sie und reichte sie Didi, die einige große Schlucke nahm und ihn dann ansah.

»Wo warst du denn?«, fragte er.

Didi überlegte. An der Uni war ihr bewusst geworden, dass sie in zwei Welten lebte. Jetzt antwortete sie mit der Version der Wahrheit, die in der Welt der Menschen galt.

»Samuel und ich kennen uns, seit wir klein waren«, begann sie. »Wir waren in einer Phase angekommen, wo wir alles Unangenehme zu Hause loswerden wollten, um zu zweit etwas Neues auszuprobieren, deshalb sind wir hierhergekommen. Ich hatte ein paar Probleme, und Samuel hat mich immer unterstützt. Aber langsam hatte er diese Rolle wohl satt. Er hat hier neue Leute getroffen und …«

»Neue Frauen?«, fragte Daniel, und Didi nickte.

In Daniels Stimme war ein Bruch zu hören, so dass Didi ihn ansah. Er sah verärgert aus.

»Ich habe auch Erfahrung mit Betrug gemacht, allerdings nicht so direkt«, meinte er und versuchte zu lächeln. »Vielleicht erzähle ich dir irgendwann davon.«

Daniel hatte mit wenigen Worten klargemacht, dass er nicht weiter über seine eigene Situation reden wollte, und Didi respektierte diesen Wunsch.

»Wir haben uns gestritten, und Samuel ist endgültig gegangen«, fuhr sie fort. »Das war ziemlich hart, und ich habe es nicht geschafft, unter Leute zu gehen. Ich war bei alten Bekannten und habe eine kleine Verschnaufpause genommen, aber heute hatte ich Lust, an die Uni zu kommen.«

»Ja, die Geschichte der Ästhetik muntert junge Frauen in Trennungskrisen auf«, sagte Daniel nun wieder in seinem schelmischen Ton und erhielt darauf einen Rippenstoß von Didi.

»Und alte Bäume. Du weißt, dass du anders bist als die anderen, oder?«

»Ist das schlimm?«, fragte Didi, und ihrer Stimme war nun anzuhören, dass sie flirtete.

Daniels Talent, sie von unschönen Gedanken abzulenken, war erstaunlich.

Sie saßen schweigend da. Die Nachmittagssonne warf ihr Licht durch die Zweige, und irgendwo weiter entfernt wurde ein Rasen gemäht. Der weiche, starke Duft wehte bis zu ihnen. Didi hatte das Gefühl, zumindest für einen Moment, dass alles gut sein könnte. Das reichte. Sie lehnte sich enger an Daniel, der den Arm um sie legte. Die Wärme und der Duft des Parks wiegten Didi in leichten Schlaf. Was ihr auch die Möglichkeit gab, sich weiter an Daniel zu schmiegen. Sie döste eine Weile und wurde wach, als sich eine Familie zum Picknicken in die Nähe setzte. Daniel lächelte zufrieden, und Didi sah ihm tiefer in die Augen.

»Ich habe Hunger«, sagte sie, als die Familie mit ihren Packungen und Brötchentüten raschelte.

»Und ich dachte, du wirfst mir diesen begehrlichen Blick zu«, erwiderte Daniel.

»Geh mit mir Pizza essen, dann bekommst du meinen ewigen Dank«, sagte Didi.

Sie machten sich zum nächsten Italiener auf, den sie fanden, und bestellten Pizza und eine Karaffe Wein. Didi aß alles auf und nahm auch noch von Daniels Teller.

»Nächstes Mal bestellst du keine Vegetariana mehr«, sagte sie.

»Das heißt, dass wir ein richtiges Date haben werden«, stellte Daniel fest. »Ich merke mir, dass die Salami der Weg zu deinem Herzen ist.«

Didi sah Daniel an. Sie mochte ihn wirklich. Das war gefährlich. Außerdem musste sie den Tatsachen ins Auge sehen: Sie musste Daniel näherkommen, weil Izabella eine echte Gefahr für ihr Rudel darstellte. Das aber wollte sie jetzt am liebsten vergessen.

»Didi, ich habe mich wahnsinnig in dich verliebt.« Daniels Stimme war nicht nur das Verliebtsein anzuhören, sondern auch männliche Lust. Didi musste nun vorsichtig sein.

»Lass uns ein richtiges Date ausmachen«, sagte sie. Daniel lächelte breit.

Als sie wieder zu Hause war, ging Didi als Erstes ins Gewächshaus. Die Königin der Nacht wirkte gesund, aber die Samen würden noch lange brauchen. Sie musste Samuel aus dem Kopf bekommen. Außerdem hatte sie Verpflichtungen. Daniel mochte nach dem Treffen im siebten Himmel schweben, aber Didi hatte auf der Rückfahrt aus dem Augenwinkel heraus mehrmals dasselbe Auto gesehen. Izabella war ihnen also auf den Fersen, und leider kannte sie einen Trick, mit dem man sie für immer aus dem Weg räumen konnte.

Didi wartete, bis es Abend wurde und alle Nymphen zu Hause waren. Dann versammelte sie das Rudel im Wohnzimmer und trat zum ersten Mal als entschiedene Anführerin auf. Katis Lehrstunden waren nicht umsonst gewesen. Sie erklärte, dass sowohl von den Satyrn als auch von Izabella Gefahr drohte und dass Kati in Island war, um mehr Kräfte zu mobilisieren. Die anderen hörten ihr mit ernster Miene zu. Der Kampf war keine Theorie mehr, sondern wurde zur Praxis. Dann erzählte Didi, was sie selbst vorhatte. Die anderen wehrten sich vehement gegen ihren Plan, vor allem Tia schien verängstigt, aber als Didi sagte, dass ihre Entscheidung feststand, erhielt sie das Versprechen, dass ihr die Nymphen in jeder Hinsicht helfen würden.

Als sie später im Bett lag, seufzte Didi. Sie trug viel Verantwortung, aber ihr Herz klopfte auch deshalb, weil sie das Gefühl hatte, dass sie nun wirklich etwas für die Freiheit tat und nicht nur die Nymphe mit dem Knoten spielte. Sie musste nur einen klaren Kopf behalten, dann würde es ihnen gelingen können.

10

Warum sind wir hier am Arsch der Welt?«, fragte Matilda wütend. Kati hatte Respekt vor ihrer Ausdauer. Seit der Abreise aus Genf hatte Matilda ihre saure Miene nicht abgelegt. Nur Gasparos Brabbeln hatte sie hin und wieder zum Lächeln gebracht. Ansonsten tippte sie auf ihrem Handy herum und lästerte über Selene, fremde Menschen, das Wetter oder das Essen und jammerte über ihr elendes Leben.

»Frida ist hier«, sagte Kati und lenkte das Auto an den Straßenrand. Sie drehte sich zur Rückbank um. »Frida ist die beste Jägerin, die ich kenne. Sie kann uns hier für eine Weile verstecken, aber noch wichtiger ist, dass sie hier jetzt ihr eigenes Rudel hat, das sie angelernt hat. Und am allerwichtigsten ist: Frida ist bei den Nymphen anerkannt. Sie wird respektiert, und durch sie bekommen wir mehr Leute in unsere Reihen.«

»*Ich* bin doch die Nymphe mit dem Knoten«, knurrte Matilda. »*Meinetwegen* machen alle mit. Sagt einfach, dass ich hier bin.«

»Dich kennt niemand«, schnaubte Kati. »Du kennst dich nicht einmal selbst, ebenso wenig wie deine Kräfte.«

»Gibt es da Essen?«, fragte Selene.

»Du bekommst bestimmt eine Robbenhaut zum Knabbern«, sagte Matilda, doch die Ironie kam nicht an, denn Selene schien die kulinarische Verwertbarkeit von Robben zu durchdenken.

»Wir haben noch ein wenig Fahrt vor uns«, meinte Kati und fuhr wieder los. »Seid ruhig, wenn wir ankommen. Frida hält alle zuerst für Eindringlinge.«

Bald tauchte vor ihnen ein flaches, der Landschaft angepasstes und verwittertes Holzhaus auf. Als sie näher kamen, trat die blonde Frida mit drei kriegerisch wirkenden Nymphen im Schlepptau aus dem Haus. Ihr Atem wurde in der kalten Luft zu Dunst, der sie umhüllte. Als das Auto zum Stehen kam und Kati ihre Begleiterinnen aussteigen ließ, spannte Frida ihren Bogen. Der Pfeil zielte genau auf Selenes Brust.

»Was ist das?«, fragte Frida.

»Ebenfalls schön, dich nach so langer Zeit zu sehen; du bist immer noch genauso gastfreundlich«, sagte Kati spitz, bereute es aber gleich. Sie hatte beschlossen, diplomatisch vorzugehen, aber andererseits war Frida bewaffnet, und Demut würde sie nicht beeindrucken.

»Selene kam, um uns zu helfen, als es in Genf Schwierigkeiten gab.«

»Eine Sirene«, schlussfolgerte Frida. Sie war darüber eindeutig nicht besonders froh, ließ aber den Bogen sinken.

Kati sah die starken und streng blickenden Nymphen hinter Frida an und hob die Hand zum Zeichen, dass sie in friedlicher Absicht gekommen waren. Frida nickte ein wenig, und die Nymphen entspannten sich.

»Lasst uns reingehen«, sagte Frida in ihrer direkten Art. »Es gibt Essen.«

»Robbe?«, fragte Selene fast singend.

Kurz darauf saßen sie in der kleinen Stube, in deren Kamin ein Feuer prasselte. Auf dem langen Holztisch, um den herum sie sich setzten, waren luftgetrocknetes Wild, Wurzelgemüse aus dem Ofen, Brot und Käse angerichtet. Eine der Nymphen schenkte Bier und mit Honig gesüßtes Bachwasser in Krüge. Kati sah, wie wohl sich Frida in dieser Askese fühlte, und erinnerte sich an die Zeiten, als auch sie von den Gaben des Waldes gelebt hatte. Und von Janos' Liebe. Das war ein gutes Leben gewesen. Kati betrachtete Fridas Gefolge, konnte aber nicht ausmachen, wer Fridas neue

Geliebte war. Oder vielleicht war Frida in dieser Beziehung auch wie sie, und eine große Liebe hatte ihr gereicht.

»Das hier sind Pia, Assa und Nienná«, stellte Frida ihr Rudel vor, während sie Tonschüsseln und Gabeln verteilte. Dann wartete sie.

»Ich bin Kati. Das sind Selene und Gasparo …«

»Der Junge erinnert erstaunlich an Jesper«, stellte Frida trocken fest.

»Ein Waisenkind ist ein Waisenkind«, sagte Kati streng und starrte Frida so intensiv in die Augen, dass sie keine weiteren Fragen mehr stellte.

»Und das ist Matilda. Die Nymphe mit dem Knoten.«

Diese Verkündung hatte den gewünschten Erfolg. Die Nymphen unterbrachen ihr Gespräch und das Essen. Nur Selene schlang weiter. Matilda hatte bis eben vergeblich nach einem Netz für ihr Handy gesucht, hörte jetzt aber auf und lächelte alle herzlich an. In der Stube breitete sich Wärme aus, was auch Frida spürte. Eine solche Reaktion hatte Kati nicht erwartet. Vielleicht kamen Matildas Kräfte tatsächlich langsam an die Oberfläche, denn die anderen jungen Nymphen schienen kurz zu glühen.

Kati beschloss, den Moment zu nutzen. Sie stand auf und schob mit einer einzigen Bewegung Matildas lange, braunen Haare aus deren Nacken. Die anderen Nymphen scharten sich um sie und starrten das Knotenmuster an.

»Wir müssen reden«, sagte Frida und ging mit großen Schritten in das Zimmer nebenan.

Kati musste ihr folgen, auch wenn sie gerne das Erstaunen und das Glück der anderen darüber, die Legende bei sich zu haben, genossen hätte. Sie sah noch einmal vielsagend zu Matilda, damit sie sich ordentlich benahm.

»Ist das die echte Legende?«, fragte Frida, als sie zu zweit waren. »Hat dir eine Fälschung nicht gereicht? Warum kommst du wieder und schwindelst uns an?«

»Für uns ist es egal, ob Matilda die wahre Legende ist oder nicht«, sagte Kati, denn sie wusste aus Erfahrung, dass man mit Frida möglichst direkt sein musste. »Ich glaube in der Tat, dass Matilda etwas Besonderes ist. Ich habe Dinge gesehen … Die Hauptsache ist aber, dass wir mit ihrer Hilfe die Kräfte der Nymphen bündeln können. Wir haben einen gemeinsamen Feind, und jetzt ist es an der Zeit zu handeln.«

Kati hatte wohl angenommen, dass eine kleine Brandrede und etwas Beschwörung reichen würden, um Frida auf ihre Seite zu bekommen, aber die Miene der Nymphe zeugte vom Gegenteil.

»Uns geht es hier gut«, sagte Frida. »Wir leben einfach und fühlen uns in der Einöde hier wohl. Es gibt keinen Grund, warum wir von hier weggehen sollten. Ich lehre meine Nymphen zu jagen und zu kämpfen.«

»Die Kampfkunst bringt nichts, wenn sie nicht genutzt wird«, erwiderte Kati.

Sie hätte vielleicht versucht, weiter und eindringlicher auf Frida einzureden, aber plötzlich wurde es im anderen Zimmer laut. Kati sah Frida an, und sie kehrten zusammen zurück. Vor ihnen spielte sich eine einzigartige Szene ab. Matilda lehnte am Tischrand und versuchte, möglichst gelangweilt auszusehen, doch Kati bemerkte die Angst in ihren Augen. Pia und Nienná hatten Messer in der Hand und sahen aus, als wären sie bereit zuzustechen. Assa aber lag auf dem Boden und schnappte nach Luft. Blut lief aus ihren Mundwinkeln, und das Weiße der Augen war rot. Selene wiegte Gasparo, als wäre nichts geschehen.

Kati wusste, dass Frida im nächsten Moment die ihren verteidigen würde, griff sie aber hart am Arm und schüttelte vielsagend den Kopf. Die Sirene nahm schnell Gefühle auf, so dass es besser war, die Situation nicht noch zu verschärfen.

»Was ist hier passiert?«, fragte Kati und hatte recht mit der Annahme, dass Matilda die Initiatorin des Konflikts gewesen war.

»Sie hat uns befohlen, ihr zu dienen«, sagte Nienná, während Frida und Pia Assa halfen. »Als wir nicht gehorchten, meinte sie zur Sirene, dass wir ihre Feinde seien. Und die Sirene hat …«

»Verfluchtes Affenmädchen!«, schnauzte Kati Matilda an, die als Antwort nur die Augen verdrehte.

»Du hast mir befohlen, Matilda immer zu beschützen«, meinte die Sirene nur, griff nach einem neuen Stück Brot und bot auch Gasparo davon an.

»Gut, Selene, aber jetzt ist alles in Ordnung«, sagte Kati gebieterisch.

Die Sirene setzte sich wieder und aß weiter. Auch Kati hätte gerne mehr gegessen, aber Frida zog sie zur Seite, während Pia und Nienná die verletzte Nymphe behandelten.

»Ihr könnt hier übernachten, aber danach verschwindet ihr«, befahl Frida. »Meine eigenen Leute setze ich keiner Gefahr aus.«

»Es ist jetzt an der Zeit zu handeln«, erwiderte Kati. »Meine Erkundigungen sagen mir, dass in Budapest etwas im Gange ist. Die Satyrn haben etwas Größeres vor, und wir müssen darauf vorbereitet sein, wenn wir jemals frei sein wollen. Lass uns die Truppen sammeln …«

»Ihr geht morgen«, sagte Frida. »Es gibt keine Truppen zum Sammeln. Die Sirenen sind zu unberechenbar, die Nymphen zu verstreut, und viele haben Angst. Den Satyrn, die früher gut zu uns waren, können wir nicht vertrauen. Wir müssen abwarten.«

Kati wollte keinen Streit anfangen und zuckte nur mit den Schultern. Sie würde Frida später überzeugen, jetzt aber musste sie mit dem Affenkind ein ernstes Wörtchen über gute Sitten reden. Doch dazu kam sie nicht, denn Matilda stellte sich mit einem seltsamen Blick auf einen Stuhl. Sie schlang ihre dicken Haare auf dem Hinterkopf zusammen und entblößte die Tätowierung im Nacken. Kati wollte sie nach unten ziehen und ihr das Angeben mit der Tätowierung verbieten, wenn Matilda nicht mit tiefer, aber gut hörbarer Stimme gesprochen und dabei in die Ferne gestarrt hätte.

»Wir müssen ans Ufer des Schwarzen Meeres und die Amazonen suchen.«

Alle in der Stube verstummten. Dann schüttelte sich Matilda ein wenig und schien überrascht darüber, dass sie auf einem Hocker stand. Sie sprang herunter.

»Dieses Zeug kann ich nicht essen«, sagte sie. »Wo ist denn die nächste Stadt? Da gibt es sicher einen McDonalds.«

Jetzt zögerte Kati nicht mehr, sondern war mit wenigen Schritten bei Matilda und zerrte sie am Arm ins Nebenzimmer.

»Was weißt du von den Amazonen?«, fragte sie streng.

»Wovon?«, erwiderte Matilda, als hätte sie kein Wort verstanden.

»Gerade hast du gesagt, dass wir die Amazonen suchen müssen.«

»Hallo!«, platzte Matilda los. »Ich habe gesagt, dass wir schnellstens einen McDonalds suchen müssen. Hörst du schlecht?«

Kati sah sie erstaunt an, aber kurz darauf konnte Matilda ihr Pokerface nicht mehr halten.

»Wie du guckst!«, lachte sie. »Die Sirene hat irgendeine Legende von Amazonen erzählt, und ich habe ein wenig getestet, was die anderen dazu sagen. Wir sind hier echt in der Provinz, mit denen kann man alles machen!«

Kati hätte Matilda am liebsten an die Wand genagelt, begnügte sich aber damit, sie eisig anzusehen, und kehrte dann zu den Nymphen zurück. Vielleicht war Matildas Aktion sogar nützlich. Sie beschloss, das Ganze für sich zu behalten.

Assa war wieder in Ordnung gebracht worden, und auch die Sirene sah für den Moment zufrieden aus. Kati stand ruhig da, bereit, auch den kleinsten verbalen Angriff entgegenzunehmen. Wenn nicht Schlimmeres, denn Fridas Blick war eiskalt.

»Ihr ruht euch jetzt ein paar Tage aus«, sagte sie. »Dann gehen wir von hier weg. Wir vernichten alle unsere Spuren.«

»Ich kann gut putzen«, sagte Selene. »Aber habt ihr denn Robben?«

11

Samuel saß zum ersten Mal, seit er von zu Hause weggegangen war, wieder auf einem Pferd. Er war es gewohnt gewesen, seiner Mutter im Stall zu helfen, und hatte immer eine Verbindung zu Pferden gespürt. Auf Kordas Ländereien schienen sie das einzig Positive zu sein, und das Reiten beruhigte ihn. Vom Sattel aus hatte er auch beobachten können, dass ein Fluchtversuch nichts bringen würde. Man bewachte ihn die ganze Zeit. Überallhin folgten ihm die Nymphen im Stillen, um ihm zu dienen. Die Satyrn waren weniger diskret und schickten ihn einfach zurück, wenn er zum Beispiel in die Nähe der Tore kam. Raoul ritt oft mit ihm.

Im Palast gab es einen großen Saal, zu dem man ihm ebenfalls den Zugang verwehrte. Durch den Türspalt hatte er ein paar Mal gesehen, dass man dort ein Fest vorbereitete. In der Mitte des Saals befand sich offensichtlich eine Statue, die mit Planen abgedeckt war. Gabriel Korda traf er nur bei den Mahlzeiten, wo der Satyr mit seinem Besitz prahlte und wohl annahm, dass er ihn damit beeindrucken konnte, doch Samuel dachte nur an seinen Vater, der das genaue Gegenteil von Korda gewesen war. Genügsam und warmherzig. Nichts in der Welt würde ihn dazu bringen, Korda für seinen Vater zu halten.

Samuel kam in seinen Reitklamotten gerade in dem Moment in die Eingangshalle, als Korda zuckersüß lächelnd aus dem Festsaal kam. Alles schien nach Plan zu laufen.

»Samuel, nimm dir etwas zu trinken«, sagte er mit ausgestrecktem Arm und ging voran in sein Arbeitszimmer. Samuel folgte ihm. Er hatte Fragen an den Herrscher der Satyrn, und jetzt schien der richtige Zeitpunkt zu sein, um sie zu stellen, da Korda so wohlwollend gestimmt war. Er goss sich gerade ein Glas Rotwein ein, als Samuel ein Zeichen gab, dass er ebenfalls eines nehmen würde. Korda lächelte breit und dachte wohl, dass er ihn bereits überzeugt hatte.

»Du bist anscheinend ein guter Reiter«, stellte Korda fest. Die Worte beinhalteten die Information, dass man Korda über alles unterrichtete, was Samuel betraf.

»Das habe ich meiner Mutter zu verdanken«, antwortete Samuel. »Sie hat mir viel über Pferde beigebracht.«

»Deine Mutter ist in vielerlei Hinsicht eine besondere Frau«, sagte Korda.

»Wie habt ihr euch im Libanon getroffen?«, wollte Samuel wissen.

Korda sah auf sein Handy, aber es schien keine eilige Angelegenheit zu geben, die seine Aufmerksamkeit erforderte, so dass er beschloss, Samuel einen Moment seiner Zeit zu schenken. Er setzte sich aufs Sofa, und Samuel folgte ihm, setzte sich aber weit genug entfernt.

»Deine Mutter war dort im Freiwilligendienst«, fing Korda an. »Ich wiederum war dienstlich dort. Kriegsgebiete und die Krisenherde der Welt sind natürliche Orte für uns Satyrn. Mitten im Chaos bemerkt man uns wenig, und gleichzeitig gibt es die Möglichkeit zum Handeln und Spekulieren … Und wir Satyrn fühlen uns wohl inmitten von Kämpfen, das liegt uns im Blut. Das wirst auch du merken.«

Glaub das ja nicht, dachte Samuel, sagte aber nichts.

»Wir bilden seit Hunderten, nein Tausenden von Jahren Netzwerke. Uns gehören Banken, Firmen, Anwaltskanzleien … Wir sind im Prinzip in der Lage, die ganze Welt zu regieren!«, lachte Korda, trank sein Glas aus und wollte sich mehr eingießen, aber Samuel kam ihm zuvor. Korda sah ihn zustimmend an.

»Warum hast du mich unter Menschen aufwachsen lassen?«, fragte Samuel. »Wäre es mir hier nicht besser ergangen?«

»Das war damals unvermeidlich«, sagte Korda. »Du wurdest mitten in einem Machtkampf geboren und warst zur Hälfte ein Mensch. Hätte man gewusst, dass ich einen Nachkommen mit einer Menschenfrau habe, hätten dich die rivalisierenden Satyrn töten oder dich gegen mich benutzen können. Jetzt sieht die Sache aber anders aus. Niemand stellt mehr meine Position in Frage.«

Korda maß Samuel mit seinem Blick und war zufrieden mit dem, was er sah.

Samuel bemerkte aber, dass es keine Liebe, sondern reiner Narzissmus war. Korda hielt ihn für seine eigene Kreation.

»Ich habe ein kleines Geschenk für dich«, sagte er. »Du bist zu einem besonderen Anlass hier, und ich will dir etwas zur Erinnerung geben.«

»Was ist das für ein Anlass?«, fragte Samuel. Vielleicht konnte er jetzt etwas über die heimlichen Arrangements erfahren.

»Beim nächsten Vollmond ist der Mond am größten, und hier im Palast sind die mächtigsten Satyrn zu Gast.

Ich veranstalte die Mysterien von Eleusis ...« Samuels verwirrte Miene brachte Korda zum Lachen.

»Das heißt, ich nehme mir eine Frau. Ich habe mir eine Nymphe ausgesucht, und wir werden hier unseren Bund schließen. Es wird ein einzigartiges Ereignis für die Satyrn werden, und das Fest wird lange dauern. Ein richtiges Bacchanal!«

Korda erhielt eine Nachricht auf sein Telefon, die er schnell las. Er schien etwas abzuwägen und antwortete dann. Auch wenn er etwas abwesend wirkte, wandte er sich doch wieder Samuel zu.

»Hol dir dein Geschenk dort von meinem Schreibtisch. Der dunkle Kasten.«

Samuel stand auf und ging zu Kordas riesigem Mahagonitisch. Den Kasten, den Korda gemeint hatte, sah er sofort. Er sah aber auch etwas anderes und hielt für einen Moment inne. Eine Dose mit einem Knoten, genau die gleiche wie die, in der Didi und er die Samen der Königin der Nacht aufbewahrt hatten. Er konnte aber nicht preisgeben, dass er sie erkannte.

»Mach auf«, ermunterte ihn Korda.

In dem schwarzen, mit Samt überzogenen Kasten lag eine wertvolle Uhr. Samuel legte sie an. Er hatte keine Ahnung, was sie kostete, trug das Prachtexemplar aber nun am Arm. Er ging zu Korda und zeigte sie ihm.

»Danke.«

»Wie gesagt, ich wollte dir eine Erinnerung geben. Aber jetzt muss ich leider ein paar Dinge erledigen …«

»Ich wollte noch etwas wegen meiner Mutter fragen«, sagte Samuel, denn jetzt wollte er doch noch etwas wissen. »In unserer Nachbarschaft lebten Elina und Didi Tiensuu. Man sagt, Didi sei die Nymphe mit dem Knoten. War es Absicht, dass wir so nah beieinander wohnten?«

»Der Knoten ist nur eine Legende«, sagte Korda und winkte verächtlich mit der Hand. »Es wird Zeit, dass du die Vergangenheit hinter dir lässt und die Welt mit neuen Augen siehst. Und jetzt geh, mein Junge. Dein Vater hat zu tun.«

Samuel eilte in seine eigenen Räumlichkeiten und begann erst dann zu zittern. Kordas Überheblichkeit machte ihn wütend. Der Satyr glaubte, alles zu wissen und alle in seiner Hand zu haben. Und warum hatte er die Dose mit dem Knoten? Und was sollte das Gerede von dem komischen Mysterium? Samuel nahm die Uhr vom Handgelenk. Wären nicht gerade zwei nett lächelnde Nymphen zur Tür hereingekommen, hätte er sie in die Ecke geworfen. Er konnte sich nur mit Mühe beherrschen.

»Sollen wir dir ein Bad einlassen?«, fragte eine der Nymphen, die ihm als Béata vorgestellt worden war.

»Wie können wir dir zu Diensten sein?«, meinte die andere.

»Überhaupt nicht!«, schnauzte Samuel sie an und bedauerte es auf der Stelle. Die Nymphen hatten keine Schuld. Und jetzt hatte er sie noch erschreckt. Sie machten kehrt und gingen aus dem Zimmer. Samuel brüllte frustriert. Nie hatte er sich so machtlos gefühlt. Er hätte am liebsten einen Stuhl aus dem Fenster geworfen. Jeder Einzelne seiner Muskeln war angespannt ... Plötzlich wurde ihm klar, welches Gefühl ihn mit sich gerissen hatte. Das Satyrgefühl. Er atmete tief ein und schloss die Augen. Er musste sich beruhigen.

Samuel saß mit dem Kopf zwischen den Händen da, als jemand ins Zimmer kam und die Tür hinter sich schloss. Er setzte sich auf und sah Henry.

»Was erschreckt denn die Nymphen eigentlich so?«, fragte er ihn ratlos.

»Du. Du bist der Sohn des Herrschers«, antwortete Henry.

»Ich weiß nicht, was ich bin. Früher war alles so klar, und jetzt wurde plötzlich meine ganze Vergangenheit neu geschrieben.«

Henry ahnte wohl, dass in Samuel einiges schwelte. Er setzte sich ihm gegenüber und wartete. Vielleicht war seine Geduld zu viel. Samuel sprang auf, nahm die

Kristallvase vom Tisch und warf sie mit voller Wucht gegen die Wand.

»Was bin ich? Warum sagt es mir niemand?«, schrie Samuel. Die schwere Vase zerbarst, Splitter verteilten sich überall, und etwas Wandfarbe blätterte ab. In der Tür erschien ein Wächter, aber Henry forderte ihn auf zu gehen. Dann packte er Samuel an den Schultern und setzte ihn hin.

»Du bist halb Mensch und halb Satyr«, sagte Henry, als Samuel ein wenig Luft geholt hatte. »Du hast unter Menschen gelebt, bist ihrem Beispiel gefolgt. Als du Raoul und mich kennengelernt hast, sind die in dir schlummernden Satyreigenschaften an die Oberfläche getreten … Ich habe manchmal den Eindruck, dass Raoul mit seinen Tricks bei jedem den Satyr zum Vorschein bringen kann.«

Henrys Stimme war jetzt beruhigend, und Samuel lächelte, ohne es zu wollen. Die von Raoul ausgehende Energie riss ihn tatsächlich immer wieder mit.

»Du musst jetzt über vieles nachdenken, vielleicht hast du das Gefühl, betrogen worden zu sein«, fuhr Henry fort. »Versuche, daran zu denken, dass die Satyrhälfte in dir den Menschen nicht ausschließt.«

»Ich habe Angst davor, dass sie mich beherrscht«, flüsterte Samuel. »Ich fürchte mich vor mir selbst. Früher habe ich mich ganz anders verhalten.«

»Du wirst lernen, das auszubalancieren. Beide Seiten werden dir von Nutzen sein. Manche Satyrn verabscheuen Menschen, ich aber habe in meinem verhältnismäßig langen Leben angefangen, sie zu bewundern. Ich bewundere dich.«

Samuel hatte Henry schweigend zugehört, sah ihn jetzt aber verwirrt an.

»Du bist ein Mensch, du hast Einfühlungsvermögen und kannst dich in andere hineinversetzen, spürst ihre Not und ihre Freude. Das ist eine Stärke und keine Schwäche. Du bist ein Satyr und deshalb sicher und entschieden. Ist es nicht das, was dich als Arzt ausmacht? Du wärst ein blendender Chirurg, wenn du nur wollen würdest.«

Samuel sah Henry an.

Wenn ich nur wollen würde, dachte er. Das ist das Entscheidende. In letzter Zeit war ich völlig durcheinander, schon bevor man mich hierhergebracht hat. Ich muss wissen, was ich will. Ich muss mich entscheiden.

»Hier geht's aber ernst zu«, sagte Raoul, der in der Tür erschienen war. »Korda hat befohlen, dass wir uns bereitmachen sollen, Henry. Kommst du mit?«

»Wohin?«, fragte Samuel. »Soll ich auch mitgehen?«

»Nein«, antwortete Raoul. »Dort kann es schwierig werden.«

Jetzt merkte Samuel, dass Raoul Waffen trug. Er wandte sich zu Henry um und sah ihn fragend an.

»Es ist anscheinend bald Zeit, die Braut des Herrschers zu treffen«, sagte Henry.

12

Gehst du in diesen Klamotten?«, fragte Laetitia verwundert, als Didi im Wohnzimmer mit Jeans und einem mintgrünen Shirt auftauchte. Didi wusste genau, was Laetitia meinte, war aber nicht in der Lage, daran zu denken, dass sie Daniel verführen sollte. Als er angerufen hatte und sie lachend über ihr bevorstehendes Treffen gesprochen hatten, hatte Didi noch über die Möglichkeit nachgedacht, alles abzusagen. Didi sah Sofia an, die nur mit den Schultern zuckte.

»In Ordnung«, meinte Didi. »Ich gehe jetzt. Ihr wisst, was zu tun ist.«

Sie hatte genug Zeit für den Weg eingeplant, denn sie wollte nicht, dass ihr jemand folgte. Das sollte erst später passieren. Als sie sicher war, alleine zu sein, machte sie sich auf den Weg. Die Wahl des Ortes hatte sie Daniel überlassen, und auch wenn es sich ein wenig merkwürdig anfühlte, hatte ihr das gefallen. Daniel war in der Tat etwas Besonderes, deshalb hatte sie im letzten Moment noch gezögert. Jetzt atmete sie einen Moment im warmen Sonnenschein durch, bevor sie die Tür zum Antiquariat öffnete. Sie sah sich im gelblichen Licht um. Sämtliche Regale und Tische waren vollgestopft mit alten und neuen Büchern, die noch dazu in den Ecken und auf den Fensterbrettern gestapelt waren. Es waren ein paar Kunden im Laden, und hinter der Theke stand eine Frau mittleren Alters, die wie eine Künstlerin gekleidet war und Werke sortierte, die für den Verkauf gedacht waren. Alles war etwas schäbig und gleichzeitig verlockend. Didi verstand, was Daniel an dem Ort gefiel. Ihr Blick wanderte durch den Laden, und es dauerte ein wenig, bis sie seine dunklen Haare und das bekannte Flanellhemd entdeckte.

»Hallo«, sagte Didi zu Daniel, der in einem durchgesessenen Sessel saß und ein in Leder gebundenes Buch durchblätterte.

»Kein Wunder, dass du Frauen wie ein Magnet anziehst, wenn du sie an solche Orte lockst. Wenn es deine Attraktivität nicht schafft, den Frauen den Boden unter den Füßen wegzuziehen, dann sicher der Staub.«

Daniel sprang auf und strahlte sie an. Er hätte Didi umarmt, wenn sie sich nicht schnell ein schweres Fotobuch als Schutzschild geschnappt hätte. Sie wollte ihn nicht berühren. Noch nicht. Sie spürte bereits, wie erregt sie war, und musste den richtigen Moment abwarten.

»Ich fühle mich hier sehr wohl, ich bin ein Bücherjunkie«, sagte Daniel. »Das hier ist so etwas wie ein Wohnzimmer für mich. Wenn ich hierherkomme, kann ich alles hinter mir lassen. Ich muss mir nur ein zufällig gewähltes Buch aus dem Regal nehmen, und sofort bin ich an einem anderen Ort.«

Didi verstand sein Bedürfnis zu fliehen. Sie waren auf einer Wellenlänge.

»Sieh dir das an«, meinte Daniel. »Ein Liebesroman aus dem Jahr 1923. Durch wie viele Hände der wohl gegangen ist.«

Didi nahm Daniel das Buch aus der Hand und spürte es sofort. Innige Leser, stille Momente, Tränen, Gefühle ... Sie musste das Buch wieder zurückgeben und dachte an die Menschen, die vielleicht gezwungen gewesen waren, ihre so liebgewonnenen Bücher hierherzubringen. Andere wiederum hatten ihre Schätze vielleicht teilen wollen.

»Ich habe auch angefangen, ein Buch zu schreiben«, sagte Daniel, als sie zwischen den Regalen entlanggingen. »Der Arbeitstitel ist *Danae,* und es geht um ein Mädchen, das bei allen genau die Gefühle aufkommen lässt, die ihnen gefehlt haben, auch wenn sie sich selbst dessen nicht bewusst waren. Durch sie finden sie Glück, Leidenschaft, Lust … und der Protagonist ist ein junger Mann, der sich in Danae verliebt.«

Didi konnte Daniel nicht einmal ansehen, sondern tat so, als würde sie eifrig in einem bebilderten Werk über Astrologie blättern. Sie konnte Daniel nicht sagen, dass sie solcher Gefühle nicht wert war. Im Gegenteil. Dennoch musste sie ihre Rolle weiterspielen. Sie hob den Blick ein wenig und sah ihn an.

»Sollen wir den ganzen Abend hier verbringen? Ich erinnere mich dunkel, dass mir jemand ein Essen versprochen hat.«

Daniel grinste, und sie gingen nach draußen. Der Staub und das Tageslicht ließen Didi so niesen, dass ihr die Tränen in die Augen stiegen.

»Okay, ich verstehe, Staub ist nicht wahnsinnig sexy«, sagte Daniel. »Du allerdings bist es, sogar mit roter Nase.«

Sie spazierten die engen Straßen des Viertels entlang, und Didi versuchte, das Gespräch leicht zu halten; sie redeten über die Uni, das Wetter und darüber, wie es war, in Budapest zu leben. Dann kamen sie zu einer kleinen Kirche. Sie wirkte vergessen und verschlossen, Didi aber ging die Stufen hoch und drückte die Klinke herunter. Die Tür öffnete sich. Drin war es düster, und anfangs konnten sie kaum etwas erkennen, das Licht aber strömte durch die großen Glasmalereien hindurch.

»Sollen wir reingehen?«

»Ich dachte, du hättest genug Staub für heute«, erwiderte Daniel, folgte ihr aber interessiert.

Sie gingen in der kleinen Kirche umher und sahen sich um. Die Wandmalereien waren in schlechtem Zustand und verblasst, erzählten aber viel.

»Diese Orte sind so merkwürdig«, sagte Didi. »Man hat das Gefühl, flüstern zu müssen. Die Menschen kommen zur Andacht hierher, wobei um sie herum nur Leid und Reue zu sehen sind. Wäre es nicht besser, das Leben zu feiern? Was ist mit Freude und Genuss?«

»Du als Priesterin würdest diese Kirche mit Leben füllen!«, lachte Daniel, und das Lachen hallte von den kahlen Wänden wider. In dem trüben Licht sah Daniel schön und einladend aus. Didi spürte, wie sie wollte, dass er sie berührte. Und jetzt war die Zeit gekommen. Sie ging auf Daniel zu und sah die freudige Erwartung in seinen Augen. Sie hob das Kinn ein wenig, als wäre sie bereit für einen Kuss, und Daniel senkte den Kopf ein wenig nach unten … Didi presste die Hände auf Daniels Brust. Er legte seine darauf. Weiter allerdings kam er nicht, denn dann verdrehte er bereits die Augen und sank bewusstlos auf den steinernen Boden der Kirche.

»Kommt«, sagte Didi jetzt mit lauterer Stimme. Aus der dunklen Sakristei kamen drei Gestalten. Laetitia packte Daniel an den Füßen, Alexandra und Sofia griffen ihn unter den Armen. Sie trugen den völlig kraftlosen Daniel in die Sakristei. Didi folgte ihnen. Mit vereinten Kräften banden sie ihn an einen schweren Betstuhl aus Eschenholz. Dann wachte Daniel langsam auf. Er öffnete die Augen und erkannte die Frauen um ihn herum.

»Warum?«, bekam er heraus.

»Es tut mir sehr leid, aber deine Mutter ist eine große Gefahr für uns«, antwortete Didi leise. »Wir versichern uns, dass sie keine Dummheiten macht. Danach bist du frei.«

»Ich will nicht frei von dir sein«, stammelte Daniel wackelig, aber mit einem Lächeln. »Ich wäre auch ohne diese Fesseln dein Gefangener …«

Mehr konnte er nicht sagen, denn Sofia ließ ihn wieder einschlafen.

»Hält das auch wirklich?«, wollte Didi wissen.

»Der Stuhl ist am Boden festgeschraubt«, erwiderte Sofia. »Außerdem sind wir hier und passen auf. Der Junge geht nirgendwo hin.«

Didi sah sich in der Sakristei um. Man hatte Sachen aus der Kirche hier gelagert, Kreuze, Heiligenstatuen und schwere Stoffe, die dann aber vergessen worden waren. Die Luft war feucht und muffig. Sie selbst wollte keinen Moment länger bleiben.

»Kommt ihr klar?«, fragte sie die anderen.

»Mach dir um uns keine Sorgen«, antwortete Alex, und in dieser Antwort schwang die Gewissheit darüber mit, dass Didi sicher bald in größeren Schwierigkeiten sein würde.

»Wir machen alles nach Plan«, sagte Didi. »Kümmert euch um Daniel. Er ist unsere Lebensversicherung. Ich vertraue euch, vertraut auch ihr mir. Und jetzt muss ich mich zeigen.«

13

Mitchell nahm einen Schluck aus seinem Flachmann und dachte nach. Langsam passten alle Puzzleteile zusammen, ein Teil aber fehlte noch. Welches nur? Er erinnerte sich, wie er in London an Roses Loyalität gezweifelt hatte. Die Nymphe hatte sich immer häufiger in Gesellschaft des fast unerträglich durchschnittlichen Alfred Herms bewegt. Einmal war Mitchell sogar in Roses Wohnung gekommen, als er wusste, dass Alfred dort war. Er war gerade am Spülen und trug ein tadelloses Hemd und Nadelstreifenhosen. Rose hatte schnell klargestellt, dass zwischen ihnen nichts lief. Etwas aber stimmte nicht. Auch über den Mann selbst war nichts herauszubekommen. Mitchell wollte der Sache aber auf den Grund gehen, und so hatte er Herms' Banksafe geöffnet. Und dort hatte er tatsächlich etwas gefunden. Er hatte den Moment genossen, in dem er das

Foto von Herms und den bedeutendsten Gegenstand des Safes vor Erik Mann auf den Tisch gelegt hatte. Der Satyr hatte sein Erstaunen nicht verbergen können.

»Die gibt es nicht mehr«, hatte Erik Mann gesagt, während er mit den Fingern über die Dose fuhr, auf der ein Knotensymbol eingraviert war. »Ist er eine Eiche?«

»Vielleicht ohne es zu wissen. Den Papieren zufolge hat er die Dose geerbt«, hatte Mitchell geantwortet. »Ich habe die Sache so gründlich wie möglich untersucht. Konkrete Verbindungen gibt es nicht.«

Mitchell hatte nicht widerstehen können, Erik Mann die Dose aus der Hand genommen und sie geradezu verzückt angesehen. »Ist die Legende der Nymphe mit dem Knoten wahr?«

»Die hat man sich schon erzählt, als ich geboren wurde«, hatte Erik gereizt geantwortet. »Die Dose ist aber nur ein Symbol. Es geht um den Widerstand der Menschen. Ich dachte, man hätte ihn schon längst niedergeschlagen.«

Erik Mann hatte den Blick auf das Bild von Alfred Herms gerichtet.

»Rose steht im Bann dieses Mannes«, hatte Mitchell gesagt, und nicht nur, weil er wusste, dass er Erik damit ärgern würde.

»Du verfolgst die Situation in London weiter. Die Probleme müssen im Keim erstickt werden«, hatte Erik befohlen.

Und Mitchell war fast aus dem Raum getanzt. Er hatte die Erlaubnis, in London zu bleiben.

Als er jetzt mit Izabella durch die Uni schlich, erinnerte er sich immer noch an die zwei Anzüge, die er sich aus Freude darüber hatte anfertigen lassen.

Mitchell nahm noch einen Schluck Cognac. Der Flachmann war besorgniserregend leer. Er brachte die Ereignisse in seinem Kopf zusammen. Er war es gewesen, der die Dose gefunden hatte. Und er hatte als Erster von der rothaarigen Nymphe in Finnland erfahren. Was er nicht verstehen konnte, war, warum man diesem angeblichen Märchen jetzt einen Schlusspunkt setzte. Aber er würde es sich selbst zur Aufgabe machen und dann seinen Platz im Konklave einnehmen. Das wäre gerecht und angemessen. Izabella schubste ihn unsanft. Mitchell sah sie verärgert an. Es war nicht sein Wille gewesen, zum Gehilfen der Kommissarin zu werden. Sein Blick ging zur Tür des Vorlesungssaals. Dort stand tatsächlich der Rotschopf. Er strich die Krawatte gerade. Was er sagen wollte, hatte er sich genau überlegt. Die kleine Nymphe hielt ihn für einen charmanten Dozenten, und genau das würde er auch bald sein. Er nahm ein paar Bücher unter den Arm, hielt eins in der Hand und lief los. Das richtige Timing war alles. Die Nymphe kam gerade um die Ecke, als er, angeblich in seine Lektüre versunken, mit ihr zusammenstieß.

»Oh, entschuldigen Sie, Frau …«

»Doulloin«, antwortete die Nymphe mit einem leichten Lächeln.

»Das passiert mir ständig«, sagte Mitchell ganz in seiner Rolle als zerstreuter Professor. »Eine schlechte Angewohnheit. Ich sollte nicht gleichzeitig lesen und gehen.«

»Das macht nichts«, erwiderte die Nymphe. »Ich bin auf dem Weg in die Vorlesung …«

Als sie ein paar vorsichtige Schritte machte, musste Mitchell wirklich lächeln. Ihr Blick wurde bereits glasig. Durch den Zusammenstoß hatte sie den kleinen Stich nicht bemerkt. Mitchell winkte Izabella zu, und zusammen brachten sie die halb bewusstlose Nymphe auf die Rückbank des vor der Tür wartenden Autos. Mitchell ließ sich neben sie fallen und trank den Flachmann aus. Jetzt würde alles zu Ende gebracht werden.

14

Didi lag äußerst unbequem und gekrümmt auf dem Boden, die Arme waren nach oben gebunden und bereits taub. Sie hatte keine Ahnung, wo sie war, aber es war sicher, dass der ganze schöne Plan ins Wasser gefallen war. Noch öffnete sie die Augen nicht, sondern versuchte, ihre Umgebung wahrzunehmen und zu erfahren, bei wem sie war. Was war mit ihr passiert, nachdem sie mit dem adretten Professor Brannegan zusammengestoßen war?

»Aufwachen«, hörte sie Izabellas Stimme. »Mach mir nichts vor, du bist schon bei Sinnen. Und ich kann dir sagen, dass es nichts nützt, dich zu wehren. Die Fesseln halten.«

»Das kann ich bestätigen«, sagte eine Männerstimme.

Didi schreckte hoch. Was machte Brannegan hier?

Ihr war immer noch schwindlig, und sie musste kämpfen, um die Augen aufzubekommen. Anscheinend befand sie sich in einer Art Zelle.

»Was mache ich hier?«, fragte sie. »Ich habe nichts getan …«

»Didi Tiensuu, Tasson, Doulloin, oder wie auch immer du dich nennst. Du hast viel getan. Du hast einige Leichen hinter dir gelassen«, war Izabellas Stimme wieder zu hören. »Und ich weiß, was du bist.«

»Herr Professor, ich verstehe nicht«, stammelte Didi und versuchte, Brannegan auf ihre Seite zu ziehen, ohne zu wissen, ob es etwas nützte. Normalerweise bekam sie Männer leicht auf ihre Seite. Warum sollte es jetzt nicht klappen?

Brannegan beugte sich zu ihr, so dass Didi seinen Atem auf der Haut spürte. Etwas stimmte nicht … Plötzlich leuchteten seine Augen auf wie heiße Glut, dann lachte er schallend. Didi erstarrte vor Angst. In ihrer Not sah sie Izabella an. Jemand musste der Kommissarin die Situation erklären.

»Ich bin gefährlich«, sagte sie. »Aber die sind noch viel gefährlicher. Sie sind …«

»Satyrn«, stellte Kommissarin Szabó trocken fest. »Sicher sind sie gefährlich, aber du stellst eine Gefahr für meinen Sohn dar, und das ist viel schlimmer. Wenn ich dich den Satyrn überlasse, ist Daniel in Sicherheit.

Und mir ist es völlig egal, was sie mit dir machen. Du bist böse. Unnatürlich.«

Ich hatte recht, dachte Didi. Daniel bedeutete Izabella alles. Sie sah die Zerbrechlichkeit der Frau. Sie würde es nicht aushalten, wenn Daniel etwas passierte. Insofern hatte sie noch einen Trumpf im Ärmel, den sie im richtigen Moment ausspielen musste. Damit, dass die Satyrn die Finger im Spiel hatten, hatte sie jedoch nicht gerechnet. Sie musste Izabella auf ihre Seite bekommen, egal wie. Ihr Leben und das des ganzen Rudels hing davon ab. Sie konnte nicht mehr länger warten.

»Izabella«, sagte Didi möglichst ruhig. »Ich mag Daniel. Er ist in mich verliebt, aber ich würde ihm nie im Leben etwas antun.«

»Du bist eine Nymphe, du kannst nicht anders«, erwiderte Izabella, und Didi sah, dass die Kommissarin ihre Wut kaum im Zaum halten konnte. Der Satyr hörte ihnen interessiert zu.

»Würde ich Daniel töten wollen, hätte ich das längst getan«, sagte Didi. »Die Satyrn sind für uns beide gefährlicher.«

Bisher hatte Brannegan an der Wand gelehnt, kam jetzt aber ein paar Schritte näher, packte Didi an den Haaren und zog ihren Kopf nach hinten. Didi schrie vor Schmerz.

»Spar dir dein Gerede«, krächzte er. »Die Kommissarin und ich sind uns einig.«

»Aber wir haben Daniel in unserer Gewalt«, flüsterte Didi im Schmerz.

In der Zelle herrschte Stille. Didi konnte geradezu spüren, wie Izabellas Herz kurz aussetzte. Brannegan lachte nur. Der Satyr ließ Didis Haare los, trat ihr aber wie zum Spaß in die Seite.

»Die Nymphe macht dir was vor. Die haben allerlei Tricks.«

»Ruf ihn an, dann erfährst du die Wahrheit«, war alles, was Didi herausbekam.

Izabellas Hände zitterten so, dass sie kaum das Handy aus der Tasche bekam. Didi fühlte sich elend, als sie die Angst der Mutter sah. Die gleiche Angst hatte sie in Elinas Augen gesehen und würde es nie vergessen können. Kurz darauf antwortete eine Frauenstimme. Es war Sofia.

»Hier spricht Izabella Szabó. Wo ist mein Sohn Daniel?«

Anscheinend wurde das Telefon an Daniels Ohr gehalten, denn es dauerte eine Weile, bis wieder etwas zu hören war.

»Daniel? Wo bist du?«, kreischte Izabella. Der Antwort lauschte sie schweigend. Dann sagte die Frauenstimme wieder etwas, und Izabella legte auf. Sie steckte das Handy zurück in die Tasche und drehte sich zu Didi um.

Mitchell Brannegan hatte wahrscheinlich bemerkt, dass seine Abmachung mit Izabella ins Wanken geriet. Er war wütend, und seine Augen glühten schon. Didi wusste, dass die Hörner bereits dabei waren, aus der Stirn zu stoßen, und konzentrierte sich auf ihre eigenen Kräfte. Wenn Izabella die Situation begriff, würde sie Didi vielleicht befreien. Didi erinnerte sich daran, wie sie einmal den mächtigen Erik Mann betäubt hatte, ohne dass sie überhaupt gewusst hatte, wie sie ihre Fähigkeiten einsetzen konnte. Jetzt wusste sie es, und musste es tun.

Plötzlich war nur wenig entfernt ein Klopfen an der Tür zu hören. Izabella und Brannegan tauschten einen Blick aus. Sie erwarteten anscheinend niemanden. Izabella tastete mit den Fingern nach ihrer Pistole in der Achseltasche. Sie lauschten. Die Tür quietschte, und Schritte kamen näher. Dann stand ein äußerst unscheinbarer Mann in dunkelgrauem Nadelstreifenanzug vor ihnen, der ein wenig lächelte.

»Was ist das denn für eine freudlose Gesellschaft hier?«, fragte Alfred Herms, nahm den Hut vom Kopf, legte ihn akkurat auf den Tisch und sah sich um. Hinter Herms standen drei muskulöse Männer, die Didi mühelos als Satyrn erkennen konnte. Sie warf Izabella einen warnenden Blick zu, doch vergeblich. Izabella konnte sich nicht einmal erheben, bevor schon ein dunkelhaariger Satyr bei ihr war und ihr seine große Handfläche auf die Brust drückte. Izabellas Gesicht war schmerzverzerrt. Didi wusste, dass sie nur noch ein paar Augenblicke Lebenszeit vor sich hatte.

»Daniel ist in Sicherheit«, flüsterte sie ihr zu. Seinetwegen hatte Izabella sich auf all dies eingelassen. Ihr das zu sagen war das Einzige, was Didi noch tun konnte. Der Satyr war äußerst stark. Izabella war im Nu schwarz verbrannt, ein zusammengeschrumpfter Körper, die Hände zu Fäusten geballt wie ein Boxer. Dass sie gerade noch eine mutige, starke und entschlossene Frau gewesen war, mochte man nicht mehr glauben.

Auch Mitchell Brannegan wirkte völlig verwirrt. Seine Hörner waren verschwunden. Didi verfolgte die Situation und machte sich auf alles gefasst. Wer sie zuerst berührte, würde ihre Fähigkeiten zu spüren bekommen. Mehr wusste sie nicht, aber demütig und ohne Kampf würde sie nicht aufgeben.

Der Mann, der sich Alfred Herms nannte, sah nun Brannegan an, der wie im Schlaf auf ihn zukam. Herms lächelte ihn an und sah ihm tief in die Augen. Dann presste er die Hand auf Brannegans Schulter und ließ sie weiterwandern, als hätte er keinerlei Eile. Brannegan erbebte. Er riss die Augen auf, beugte dann den Kopf nach vorne und sank vor Herms auf die Knie. Jetzt richtete sich Herms' Aufmerksamkeit auf Didi. Sie hatte Angst. Ihr Herz schlug schnell. Der Mann hatte etwas sehr Merkwürdiges an sich, etwas Schauerliches, Unberechenbares. Herms kam näher und ging neben ihr auf und ab, ohne den Blick von ihr abzuwenden.

»Seltsam«, sagte er schließlich. »Schwer zu glauben, dass all das so perfekt geklappt hat. Sie sieht genau aus wie die Statue. Die Haare, die Maße, die Rundungen.«

»Wer bist du?«, bekam Didi endlich heraus.

»Es ist immer eine Frage der Gene«, stellte Herms nur fest.

Er streckte die Hand aus, und der Satyr, der am nächsten stand, reichte ihm eine Injektionsspritze. Didi versuchte, sich aus den Fesseln zu lösen. Sie zappelte und wollte zurückweichen. Sie kreischte und schrie. Vergeblich.

Herms befahl ihr zu schweigen.

15

Didi hatte einen unangenehm bitteren Geschmack im Mund. Sie verzog ihr Gesicht vor Ekel und spürte dann, wie sie jemand aufrichtete und ihr ein Glas an die Lippen hielt. Durstig und dankbar trank sie das belebende Wasser und sank dann in die Daunenkissen zurück, ohne in der Lage zu sein, die bleischweren Augenlider zu öffnen. Auch wenn ihr bewusst war, dass andere im Raum waren, konnte sie nicht auf sie reagieren. Sie versuchte sich zu erinnern, was mit ihr geschehen war. Dieser seltsame Mann, der sie so forschend angesehen hatte, bevor sie ihr Bewusstsein verloren hatte … Die Augen des Mannes waren nah gewesen, sie konnte aber unmöglich sagen, welche Farbe sie hatten. Sie hatte ihn angesehen, wusste jedoch nicht, wie er eigentlich aussah. Sie erinnerte sich daran, wie respektvoll alle Satyrn sich ihm gegenüber verhalten hatten. Didi war sich aber sicher, dass er kein Satyr war. Sie schlief erneut ein und erwachte davon, dass ihr jemand über die Haare strich. Die Berührung war beruhigend, so dass sie gelassen blieb. Vorsichtig öffnete sie die Augen und sah ein Zimmer, durch dessen offene Fenster warmes Licht strömte. Sie hörte das Rascheln von Blättern, roch den frischen Lufthauch und streckte sich. Als sie die Augen ganz geöffnet hatte, wusste sie, dass die Frau, die ihr über die Haare strich, eine Nymphe war.

»Ich bin Nora«, sagte die Nymphe lächelnd, als Didi sich aufsetzte. Didi sah zu, wie die fast schwarzhaarige Nora ihr aus einer Kanne mit Minze und Limette aromatisiertes Wasser einschenkte. Sie nahm das polierte Kristallglas entgegen und trank langsam und nachdenklich, um Zeit zu haben, sich ihre Umgebung genauer anzusehen. Das Schlafzimmer war riesig. Es war in verschiedenen Beige- und Goldtönen eingerichtet, und an den Vorhängen des Himmelbetts hingen schwere Quasten. Didi sah einen schönen, alten Spiegel mit Goldrahmen, der spielerisch das Sonnenlicht in verschiedenen Tönen auf den Samt- und Seidenstoffen reflektierte. Hier und da waren antike Schmuckgegenstände und feine Blumengebinde arrangiert. An den Wänden hingen wertvoll aussehende Ölgemälde mit See- und Waldmotiven. Wäre sie ein kleines Mädchen gewesen, hätte ihr Herz vor Glück heftig geschlagen, aber Didi wusste, dass sie nicht hierhergehörte. Sie war gefangen, und deshalb wirkte all die Schönheit übertrieben protzig. Sie behielt diesen Gedanken aber für sich und gab Nora das Glas zurück.

»Sie ist wach«, sagte Nora, und da öffneten sich die Flügeltüren des Schlafzimmers hin zu einem kleinen Salon, aus dem zwei Nymphen kamen. Eine von ihnen brachte Kleider, die andere Cremes und Kosmetik. Didi wusste nicht, was sie tun sollte, Nora aber lächelte sie an.

»Schaffst du es, aufzustehen?«

Didi nickte, schob die Decke beiseite und setzte die Füße auf den Boden. Dabei bemerkte sie, wie wackelig sie sich fühlte. Die Beine trugen sie kaum. Die Nymphen kamen ihr eilig zu Hilfe, und ihr fiel erst gar nicht ein, sich zu wehren, als sie ihr behutsam, aber ungeniert das dünne Nachthemd auszogen, ihr Unterwäsche überstreiften und am Ende ein mit Perlen besticktes vergissmeinnichtblaues Kleid zuknöpften. Dann führten sie Didi zu einem mit Holzschnitzereien geschmückten Frisiertisch, kämmten ihr sanft die Haare glänzend und banden sie zu einem lockeren Knoten im Nacken. Um den Hals bekam sie eine Kette aus meerblauen Edelsteinen. Die Nymphen betrachteten das Werk ihrer Hände zufrieden im Spiegel und sahen sich gegenseitig an, als wüssten sie von einem wunderbaren Geheimnis. Didi stattdessen sah sich an wie eine Fremde. Ihr Blick fiel auf die Kette.

»Das ist ein Geschenk, Desirée«, flüsterte Nora ihr ins Ohr. »Ist sie nicht wie für dich gemacht? Und der Herr gibt dir sicher noch viel mehr. Ich kann mir nicht einmal vorstellen, was für ein prachtvolles und einzigartiges Geschenk er für morgen ausgewählt hat!«

Didi wusste nicht, ob die Nymphen die Angst in ihren Augen gesehen hatten. Sie waren warmherzig und gehorsam, aber Didi war sich jetzt noch sicherer, dass sie sich am völlig falschen Ort befand. Sie nickte ein wenig, denn sie spürte vor allem bei den beiden anderen Nymphen einen demütigen Respekt. Vielleicht konnte sie das ausnutzen, denn dass sie von einem Herrn und einem Geschenk am nächsten Tag sprachen, verhieß nichts Gutes.

»Draußen sieht es so schön aus«, meinte Didi unschuldig. »Könnte ich ein wenig im Park spazieren gehen? Ich bräuchte frische Luft.«

»Das geht leider nicht«, antwortete Nora. Auch wenn die Stimme der Nymphe wie Samt klang, so war das Verbot, das sie aussprach, messerscharf. »Dafür bist du noch zu schwach, und unsere Aufgabe ist es, auf dich aufzupassen. Sag einfach, was du willst, dann bringen wir es dir.«

Die Situation ärgerte Didi allmählich. Sie hatte wieder Energie und definitiv nicht vor, zu bleiben, um sich von roboterähnlichen Nymphen bedienen zu lassen. Die ganze verschwenderische Umgebung strahlte etwas Bedrückendes und Unheilverkündendes aus, und je schneller sie loskam, desto besser. Dennoch wollte sie ausprobieren, wie weit der Wille zu dienen ging.

»Dann nehme ich Hummer und Champagner«, sagte sie und beobachtete Nora, die anscheinend das Sagen hatte. Bildete sie es sich ein, oder sah sie für einen Moment verärgert aus? Das war ein guter Anfang.

»Unbedingt von Krug, darauf bin ich total versessen, was anderes kommt gar nicht in Frage. Danach hätte ich gerne frische Erdbeeren und Baiser.«

Es gelang Didi aber auch damit nicht, Nora aus der Fassung zu bringen. Sie nickte nur den anderen Nymphen zu, die anscheinend loszogen, um Didis Wünsche zu erfüllen.

Bestens, dachte Didi. Vor einer Nymphe zu fliehen war einfacher als vor dreien. Sie hatte bereits zur Kenntnis genommen, dass Nora größer war als sie, aber wenn Didi sie überraschte, konnte ihr die Flucht dennoch gelingen. Sie musste nur den richtigen Moment abwarten.

»Ist das mein Kleiderschrank?«, fragte Didi, zeigte

auf einen großen Schrank und versuchte, wie ein verwöhnter Teenager zu klingen.

»Was ist da drin? Ich muss wohl nicht den ganzen Tag dasselbe Kleid tragen?«

Nora verzog keine Miene. Sie beugte den Kopf ein wenig und ging zu dem von Didi angesprochenen Schrank, um ihn zu öffnen und ihr dessen Schätze zu zeigen. In dem Moment, als die Nymphe ihr den Rücken zuwandte, sprang Didi lautlos auf die Tür zu und riss sie auf. Sie hörte, wie Nora hinter ihr etwas rief, aber der Anblick hatte sie bereits zum Stehen gebracht. Sie stand auf dem Treppenabsatz und spürte den sich vor ihr öffnenden Raum. Sie war auf demselben Anwesen, auf dem der Satyr sie beinahe mit seiner brennenden Hand getötet hätte. Allein die Erinnerung schmerzte sie in der Brust, und sie bekam unsägliche Angst. Ihre Hände hoben sich wie zum Schutz, aber sie ließ sie gleich wieder fallen: Sie hatte keine Zeit, um Angst zu haben. Das war der Moment, in dem sie noch fliehen konnte. Die lange, um die Ecke führende Treppe ging nach rechts. Sie drehte sich um, doch da erschienen vor ihr zwei Satyrn, und sie wusste, dass Nora hinter ihr war. Sie fühlte sich wie ein in die Enge getriebenes Tier, kam aber nirgends mehr hin.

»Wir stehen zu Diensten«, sagte der hellere der beiden Satyrn ohne jede Ironie und hob die Hände zum

Zeichen, dass sie ihr nichts tun wollten. Der dunkle Satyr wirkte lässig und fröhlich und ging ein paar Schritte auf sie zu. Didi aber hatte nicht vor, nachzugeben. Sie sauste plötzlich an der überraschten Nora vorbei ins Schlafzimmer. Das Fenster stand ja offen. Lieber würde sie rausspringen, als zu bleiben. Sie war schnell, aber nicht schnell genug. Der dunkelhaarige Satyr hatte wohl ihre Gedanken gelesen und stand bereits lächelnd und sichtlich zufrieden vor dem Fenster. Das Spiel schien ihm zu gefallen. Didi drehte um, aber dort stand bereits der andere und zog das Laken vom Bett, um ein Seil daraus zu binden. Schon war Didi in der Schlinge.

»Tut mir leid«, sagte der Blonde und war immer noch sehr höflich, während er sie mit dem Stoff gefangen hielt. »Ich bin mir nicht sicher, ob ich mich traue, dich anzufassen, wenn du so wütend bist. Man erzählt sich allerhand Geschichten über deine Kräfte. Aber du solltest dich jetzt beruhigen.«

»Oder auch nicht«, stellte sein Freund lachend fest. »Das kann doch ganz lustig werden. Ich habe mich hier langsam schon gelangweilt.«

»Ich muss mich für Raoul entschuldigen«, fuhr der Satyr fort. »Es gibt sicher auch Zeit zum Spielen, aber unsere Aufgabe ist es, darauf zu achten, dass du hier bleibst. Wie du bereits gemerkt hast, kannst du nicht fliehen, deshalb ist es am besten, wenn du dich hier einrichtest. Später wirst du dann für den Abend fertiggemacht.«

Didi hörte auf, am Laken zu zerren.

»Warum? Was passiert am Abend?«

»Wir haben eine kleine Party«, antwortete der Dunkelhaarige, dieser Raoul. »Und du wirst deinen künftigen Gatten treffen, nicht wahr, Henry?«

»Ich heirate nicht«, erwiderte Didi. Der ganze Gedanke war so absurd, dass sie fast lachen musste. Raoul war wohl ein echter Spaßvogel. Raoul? Plötzlich wirbelten Didis Gedanken in ihrem Kopf. Raoul und Henry …

Die Satyrn und Nora sahen sie so ernst an, dass ihr Herz plötzlich erkaltete. Das hier war der Ort, an dem sie sich als Statue gesehen hatte. Hier hatte sie von einem mächtigen Satyr geträumt, der sich wie ihr Besitzer verhielt. Sie verlor die Selbstbeherrschung. Sie hatte Angst und war wütend, schrie und zerrte an den Laken. Vielleicht war auch das ein Traum, und sie würde bald daraus erwachen, wenn sie sich nur anstrengte …

Henry und Raoul hielten sie aber immer noch mühelos in der Schlinge, und bald hatte sie keine Kraft mehr, um sich zu wehren. Tränen der Ohnmacht liefen ihr über die Wangen. Henry sah sie fast mitleidig an und gab Nora ein Zeichen, näher zu kommen. Nora legte ihre warme Hand auf Didis Halsschlagader, und sie beruhigte sich. Man setzte sie hin, und da saß sie dann wie eine schön angezogene Puppe und hörte zu, wie die anderen um sie herum sprachen.

»Die Nymphe ist schön«, sagte Raoul. »Ich habe eine wirkliche Schönheit erwartet, aber mit ihrem Temperament schlägt sie alle. Da wird man ganz neidisch auf Korda.«

»Du darfst heute auch feiern«, sagte Henry lachend. »Am Abend gibt es ein Fest, wie es die Satyrgemeinschaft seit Jahrhunderten nicht erlebt hat. Pass nur auf, dass du dich nicht gleich am Anfang müde feierst, damit du bis zum Vollmond durchhältst.«

Nora hatte damit begonnen, Didis in Unordnung geratene Haare zu kämmen, während die beiden anderen Nymphen mit Hummer, Champagner und den anderen bestellten Leckereien auf Silbertabletts zurückkamen. Die Satyrn sahen sie fragend an.

»Desirée hat darum gebeten«, reagierten die Nymphen auf die verwunderten Blicke. »Unsere Aufgabe ist es, all ihre Wünsche zu erfüllen.«

Bis auf den einen, dachte Didi. Und ohne den ist alles andere egal.

»Habt ihr Anweisungen für heute Abend bekommen?«, fragte Henry und ging mit Raoul Richtung

Tür. »Ihr wisst, wie groß die Erwartungen sind. Alles muss perfekt sein.«

»Natürlich«, antwortete Nora und sah Didi an. »Unser Herr hat alles bis ins letzte Detail durchdacht. Wir wollen ihm in jeder Hinsicht gefallen, oder?«

Herr. Das Wort ließ Didi Gänsehaut bekommen, sie lächelte Nora aber trotzdem folgsam zu.

16

Die Festvorbereitungen waren in vollem Gange. Nymphen und Satyrn schwirrten umher und bereiteten die Zimmer für die vielen einflussreichen Gäste sowie den Saal für den Abend vor. Samuel wusste immer noch nicht richtig, was passierte, hatte aber in einigen Gesprächen etwas von Kordas bevorstehender Hochzeit, von einer ausgewählten, besonderen Nymphe und von einem Fest und Gelage gehört, das einen Monat andauern sollte. Und er hatte sich nicht gewehrt, als ihm jemand schwere, bestickte Tischtücher in die Hand gedrückt hatte, die er in den Saal bringen sollte. Er ging den anderen hinterher, die im Laufschritt unterwegs waren, blieb aber an der Tür stehen und sah sich erstaunt um. Der Raum war ein kleiner Tanzsaal und so hoch, dass ihn sogar eine schmale, vergoldete Galerie umgab. Von dort aus konnte sicher ein Teil der

Gäste die Paare bestaunen, die sich auf dem Parkett drehten. Die gewölbten Fenster waren fast so hoch wie der Saal, und von der Decke hingen riesige Kronleuchter. Die Wände waren mit gelbem Seidenstoff verhangen, an dem echter Efeu bis nach oben wuchs. Hier und da standen Stuhlgruppen und Tische; eine Nymphe, die Samuel noch nie gesehen hatte, zog ihn mit sich, und sie begannen, die Tischdecken auszulegen. Dann kamen die nächsten Nymphen und stellten Kristallbecher und Kühler darauf, die auf Champagner warteten. Samuel bewunderte den Ort. Die Säulen des Saals waren mit Blumen geschmückt. Er sah Hunderte langstielige Rosen, glänzende, orange Lilien und wilde, grüne Ranken. Die silbernen Kerzenhalter glänzten und leuchteten. Am anderen Ende des Saals hatte man einen Tisch aufgestellt, der mit einem Blumengeflecht geschmückt war und hinter dem eine Reihe von smaragdgrün bezogenen antiken Stühlen stand. Das musste der Tisch für den Hausherrn und die Ehrengäste sein. Ein wenig rechts davon stand etwas auf einem Sockel, das mit taubengrauem Stoff bedeckt war. Vielleicht wieder ein neues, teures Statussymbol für Kordas Sammlung.

Samuel sah alles mit großen Augen an und konnte nichts dagegen tun, dass der Enthusiasmus um ihn herum auch auf ihn übergriff. Er half den Satyrn dabei,

Stühle zu tragen und die schweren Serviertische an den richtigen Platz zu stellen. Für einen Moment hatte er geglaubt, dass sie ganz leicht waren, denn er hatte das Gefühl, in der Kulisse eines historischen Films zu stehen. Nichts fühlte sich real an. Doch die Gegenstände waren aus festem Holz und Silber, wie auch der schwere Topf mit der Palme, den er gerade mit Hilfe eines Satyrs neben eine Säule stellte, als jemand in den Saal kam. Die Sonne blendete ihn, so dass er den Satyr zuerst nicht erkannte … Die Stimme aber klang bekannt. Es war der Mörder seines Vaters. Samuel spürte ein unerwartet kraftvolles, dumpfes Gefühl in der Brust. Hätte er nicht einen schweren Blumentopf in der Hand gehabt, wäre er auf Mitchell Brannegan zugestürzt. Er wusste nicht, was er mit dem Satyr gemacht hätte, aber im Nu spürte er, wie Mordlust in ihm aufstieg.

»Räumt den Saal!«, wies Brannegan mit lauter Stimme an und genoss spürbar seine Macht. »Der große Satyr selbst will kommen und in aller Ruhe kontrollieren, was hier gemacht wurde. Ich sage Bescheid, wenn ihr wieder an die Arbeit könnt.«

Die Satyrn und Nymphen gingen folgsam zur Tür. Samuel aber nutzte die Gelegenheit und versteckte sich im Dunkel einer Säule. Er wollte genauer wissen, was hier im Gange war, und jetzt hatte er die Chance.

Er wartete, dass Brannegan der Tür den Rücken kehrte, und schlüpfte hinter einen dicken Vorhang. Jetzt musste er nur warten.

Bald schon kamen Schritte näher. Samuel wagte nicht nachzusehen, wer in Kordas Gesellschaft war. Er konzentrierte sich auf seine Atmung, um nicht entdeckt zu werden.

»Hast du die Form meiner Kreation aufbewahrt?«, fragte eine unbekannte Männerstimme.

»Nicht deiner, sondern meiner Kreation«, korrigierte Korda. »Natürlich habe ich sie aufbewahrt, damit ich sichergehen kann, dass du meine Wünsche bis zum letzten Schliff erfüllt hast. Die ersten acht Künstler habe ich hinrichten lassen. Sie waren gut, aber nicht gut genug. Erst in den Händen des Bildhauers, den ich in Neapel gefunden habe, hat die Figur ihre Vollendung gefunden, so dass sie jetzt bis zur Zehenspitze so aussieht, wie ich es haben wollte. Ich kenne jede Rundung der Statue und merke natürlich, wenn sie auch nur minimal abweicht. Soll ich den Umhang abnehmen?«

Samuel hörte, wie die Männer im Saal umhergingen, sich dann aber vor die mit Stoff bedeckte Statue stellten.

»Ich habe diese Statue nicht vergessen«, sagte die fremde Stimme. »Du hast deine Aufgabe erfüllt und

Laurent umgebracht, der unsere kommerziellen Ziele bedroht hat; deshalb habe ich jeden deiner Wünsche sehr gern, bis zu den Zehen hin, erfüllt. Ich frage mich dennoch, ob deine lebende Statue wirklich die Belohnung ist, die du von mir haben möchtest.«

»Neun Künstler. Zwölf Jahre, um die Statue zu formen. Dreihundert Seiten Notizen darüber, welche Gattin ich will. Anderthalb Jahrhunderte, bis ich Laurents Macht zerstören, meinen eigenen Anführer töten und deinen Traum erfüllen konnte. Fast zwanzig Jahre des Wartens, bis das Mädchen ins heiratsfähige Alter kam«, sagte Korda, und auch wenn er gleichmäßig sprach, so konnte Samuel doch seine heimliche Wut spüren.

»Wie kannst du überhaupt denken, dass ich diesem Projekt zugestimmt hätte, ohne sicher zu sein, ob ich das will oder nicht? Ich weiß sehr genau, was ich will.«

»Höre ich Trotz in deiner Stimme, Gabriel?«, fragte die fremde Stimme. »Ich habe mein Wort gehalten und sogar mehr. Ich hätte jede Frau zum Austragen des Kindes wählen können, aber ich habe sogar deinen Wunsch erfüllt und Erik Manns Lieblingsnymphe Rose genommen.«

»Ich war es doch, der dir Rose nach England gebracht hat«, platzte Korda heraus. »Ich habe Erik geraten, sie nach London zu schicken, um Laurents geheime Konten einzufrieren, was sie direkt in deinen Schoß getrieben hat.«

»Und ich habe sie mit genau der Genzusammensetzung befruchtet, die nun all deine Träume erfüllt. Jetzt, für deine Festnacht habe ich deinen Willen ausgeführt und mich gut um dein Geschenk gekümmert. In eurer ersten Nacht endet meine Verantwortung. Wenn ich du wäre, würde ich ein wenig Respekt zeigen«, mahnte der Unbekannte mit einer Stimme, die sogar dem versteckten Samuel Angst einflößte. Er begriff, dass es in dem Gespräch um einen Vertrag ging, konnte aber nicht verstehen, was das Gespräch bedeutete. Er nahm allen Mut zusammen und wagte es, vorsichtig hinter dem Vorhang hervorzuspähen. Gabriel Korda stand mit einem unscheinbar aussehenden Mann mit Hut vor der bedeckten Statue. Samuel war enttäuscht. Er hatte jemanden erwartet, der zumindest so mächtig aussah wie Korda, denn er hatte gespürt, wie sehr der Satyr den Mann respektierte, wenn er nicht sogar Angst vor ihm hatte.

»Es tut mir leid, wenn ich dich verletzt habe«, antwortete Korda. »Ich habe nur so lange auf diesen Moment gewartet.«

»Dein Wunsch erfüllt sich morgen endgültig. Du musst Geduld haben. Du verstehst doch, dass die Kreation keine Nymphe und auch keine Menschenfrau ist«, sagte der Mann und zeigte zur Statue. Seine Stimme klang jetzt ruhig, fühlte sich aber an wie der Druck auf dem Trommelfell beim Landen eines Flugzeugs. Nie zuvor hatte Samuel eine solche Stimme gehört. Er bekam Gänsehaut.

»Selbst wenn sie deine Schöpfung wäre, so fließt doch göttliches Blut in ihren Adern. Wenn du sie zur Frau nimmst, musst du dich aus deiner normalen Satyrwelt nach oben recken. Du musst in der Lage sein, dich uns zu nähern.«

»Das habe ich auch vor.« Gabriel Korda versuchte, überzeugend zu klingen.

»Gut«, antwortete der Mann und kramte etwas aus der Tasche. Samuel meinte, eine kleine Flasche erkennen zu können.

»Hier in Budapest half dir Diana noch mit einem genau gezielten Pfeil. Wir haben eine Frau aus der Welt geschafft, die dafür gesorgt hat, dass dein Geschenk auch hinsichtlich ihres Benehmens deine Wünsche erfüllt. Und diese Flasche ist mein letztes Geschenk an dich, Gabriel Korda. Ein Gegengift, das die Allergene entfernt, die wir der Nymphe eingesetzt haben und deretwegen die Satyrn bisher nicht mit ihr schlafen konnten. Es zerstört das in den Hormonen der Nymphe lebende Mittel, das dafür gesorgt hat, dass du und die

Männer deines Schlags sich auch von ihren Lippen entfernt hielten.«

Der Satyr bedankte sich seltsam demütig. Dann wandten sich die beiden Männer der Tür zu. Samuel hielt die Luft an. Als die Schritte verstummten, atmete er erleichtert auf, dabei fing es aber in seinem Kopf an zu arbeiten. Die verschiedenen Puzzleteile setzten sich langsam zusammen. Ein Allergen … Das war doch auch seine Diagnose gewesen, warum er Didis Kuss nicht ertragen hatte. Aber was hatte das hiermit zu tun? Und war es möglich, dass Didi und er doch zusammen sein konnten? Nein, das war hoffnungslos, aber vielleicht würde er noch Klarheit über alles bekommen, auch darüber, was Kordas Plan war. Er schloss die Augen und wartete. Da zog Kordas starke Hand den Vorhang zurück.

»Das dachte ich mir doch, dass du das bist!«, sagte er leise.

Samuel wartete auf seine Bestrafung. Er wusste inzwischen, dass Korda keine Aufsässigkeit gestattete. Der Satyr aber lachte schallend.

»Alfred Herms, darf ich vorstellen, mein Sohn Samuel.«

Herms streckte ihm die Hand entgegen, und Samuel nahm sie. Er sah Herms in die Augen und war für einen Moment woanders. Er hatte Herms gesehen, aber hätte man ihn gefragt, hätte er ihn nicht beschreiben können.

»Samuel gewöhnt sich erst noch an das Leben als Satyr«, sagte Korda, klopfte Samuel auf die Schulter und wies dabei zur Tür.

»Er hat viel Potential. Seine Mutter war ein Mensch, aber mein Blut fließt ebenfalls in ihm. Ein wenig Ausbildung und Erfahrung, und er kann vielleicht noch zu einem Mitglied des Konklave werden … Mitchell, hier kann die Organisation weitergehen. Ich finde, man sollte die Stuhlreihe genau in einem Halbkreis aufstellen.«

Mitchell, der vor der Tür gewartet hatte, verrenkte steif den Hals und verzog sich, Samuel aber war das rote Aufblitzen in seinen Augen nicht entgangen.

»Lasst uns gehen«, sagte Korda zu Samuel und Alfred Herms. »Ich habe eine ausgezeichnete Flasche Amarone, die bereits dekantiert ist.«

Mitchell blickte dem Dreigespann nach, das in Richtung von Kordas Arbeitszimmer verschwand, dem Allerheiligsten des großen Satyrn. Er bellte den Nymphen und Satyrn kurze Befehle zu, sah aber mit den Augen seiner Seele, wie Korda, Herms und der Junge sich auf bequeme Stühle setzten und wie man ihnen den besten Wein und andere ausgesuchte Delikatessen anbot. *Er* hätte dazugehört, nicht Samuel Koski. Mitchell hatte Korda stets gehorcht und manchmal fast sein Leben für ihn gegeben. Trotzdem behandelte man ihn wie einen Laufjungen.

Und damit nicht genug. Korda hatte ihm einen Platz im Konklave versprochen. Mitchell ging in Gedanken alle Vorteile durch, die diese Stellung mit sich brachte. Er würde sehr reich werden und hätte eine Gruppe von Untergebenen, aber vor allem wäre er beträchtlich freier. Korda würde ihn nicht mehr herumkommandieren. Zumindest nicht in dem Maße wie jetzt ... aber er hatte gehört, wie Korda dem Jungen einen Sitz in Aussicht gestellt hatte, ohne jegliche Meriten! Noch dazu war Samuel Koski zur Hälfte ein Mensch. Kordas Hochmut kannte tatsächlich keine Grenzen. Der Platz im Konklave gehörte Mitchell! Unzählige Male hatte er sich vorgestellt, wie er dort saß, entschlossen und kompetent. Und was er dann alles für Lucas und sich kaufen könnte. Er hatte bereits Anwesen mit Swimmingpool angesehen, sich vorgestellt, wie sie auf dem Rodeo Drive die Boutiquen leerkauften, in angesagten Bars Cocktails schlürften und das Angebot an Jungs genossen ... weit weg von hier und Kordas wachendem Blick.

Mitchell spürte, wie er so wütend wurde, dass er sich in einen anderen Raum zurückziehen musste. Erst dort brüllte er mit lodernden Augen los und ließ die

Hörner aus der Stirn fahren. Er schnaubte und keuchte, bis er sich wieder beruhigt hatte. Dann konnte er klar denken. Ich habe ja bereits damals in Velanidia den menschlichen Vater des Jungen getötet. Was hält mich davon ab, auch den Jungen zu töten?

Das erste Mal seit langem musste Mitchell lächeln.

17

»**Kommt denn die ganze Satyrtruppe** des Prager Konklaves hierher?«, fragte eine der Nymphen, während sie noch Didis kunstvolle Frisur fertigstellte.

»Du wartest wohl auf Radek«, sagte Béata mehr zu den anderen als zu der Nymphe selbst, und alle Nymphen im Raum lachten so schallend, dass Didi klar war, dass sie das Fest freudig erwarteten. Das Gefühl übertrug sich allerdings nicht auf sie. Völlig ausdruckslos saß sie da, als Béata eine Blume in die lockere, mit einem wassergrünen Samtband dekorierte Flechtfrisur steckte. Die Vorbereitungen waren seit langem im Gange. Man hatte sie gebadet, eingecremt und leicht parfümiert. Dann waren das Schminken und die Frisur an der Reihe gewesen. Sie hatte alles ertragen, weil sie einfach nicht anders konnte. Je fröhlicher die Nymphen redeten und den Abend planten, desto mehr

Angst bekam Didi. Zwischendurch versuchte sie, die Nymphen zu fragen, was auf sie zukam, aber die beruhigten sie nur und setzten ihre Arbeit fort.

»Du musst dir keine Sorgen machen«, hatte Béata Tara ihr geantwortet. »Du bist unsere Krone. Wir achten darauf, dass du prachtvoll aussiehst und uns alle Ehre machst.«

Béatas Worte und die der anderen enthielten auch einen Befehl: Du musst dich allen Regeln entsprechend verhalten, du musst gefallen und lächeln, denn dieses Fest wird den Wendepunkt deines Lebens darstellen. Du musst verstehen, in welche Position du aufsteigst.

Und trotzdem hatte Didi nichts verstanden. Und sie hatte sicher nicht vor, jemandem zu gefallen. Sie wartete nur auf eine Gelegenheit zum Handeln.

Jetzt aber stand sie folgsam vom Frisiertisch auf und ließ sich ankleiden. Zwei Nymphen trugen das schulterfreie, luftige Abendkleid im Empire-Stil herbei. Es glänzte in verschiedenen Tönen von türkis und hellgrün und war vorne kurz, während der hintere Saum weit nach unten reichte. Irgendwann hätte Didi vor einem Schaufenster beim Anblick eines solchen Kleids vielleicht aufgeseufzt – wahrscheinlich auch wegen des Preisschilds –, jetzt aber sah sie es an, als wäre es eine Zwangsjacke. Dann erinnerte sie daran, dass die Nymphen Bewunderung von ihr erwarteten. Es gelang ihr, eine fröhliche Miene herbeizuzaubern, und die Nymphen lächelten erleichtert. Sie hofften so sehr, ihr zu gefallen, dass Didi sie nicht verletzen wollte. Sie schaffte es nicht einmal, verwöhnt und launisch zu tun. Die Nymphen redeten nun wieder befreit darüber, welche erotischen Abenteuer sie mit den Satyrn planten. Didi wurde aus ihrem Bademantel geschält und angezogen und wunderte sich darüber, wie sehr die Nymphen der Party am Abend entgegenfieberten, die anscheinend eher eine Orgie werden sollte. Die Nymphen warteten geradezu auf den Mond und den Sex mit einem oder mehreren Satyrn. Der Gedanke ließ sie erschaudern. Was würde mit ihr selbst passieren, wenn die gelbe Scheibe groß am Himmel stand? Wenn Korda sie berührte …

Die Nymphen traten einen Schritt zurück und drehten Didi vor dem riesigen Spiegel mit Goldrahmen. Es erleichterte Didi, dass sie überhaupt nicht wie sie selbst aussah.

Am ehesten ähnelte sie einer Prinzessin, die aus einem Märchenbuch herausgetreten war, süß und distanziert. Eine Prinzessin, die keine Angst hatte. Didi konnte das Grauen, das sie überkam, nicht in Worte fassen. Sie sah die Nymphen an und öffnete bereits die Lippen zum Schrei, zum Hilferuf. Sie konnten sie gehen lassen, sie irgendwo verstecken, bis ein passender

Fluchtweg gefunden war. Didis Blick ging von einer Nymphe zur anderen, und sie wusste, dass es hoffnungslos war.

»Du bist bildschön«, war die Stimme eines Satyrs von der Tür her zu hören, und da trafen Didis Augen im Spiegel auf Henry, der sie ruhig betrachtete.

»Darf ich hier übernehmen?« Die Frage war keine Bitte, denn Henry kam mit entschiedenen Schritten zu Didi, griff dabei nach ihrer Hand und zog sie auf den Bettrand. Didi und die anderen Nymphen waren so verwirrt vom Verhalten des Satyrs, dass sie ihm einfach folgten. Didi sah Henry jetzt genauer an und war sowohl verärgert als auch vorsichtig. Der Satyr bemerkte es.

»Streck deinen Fuß aus«, sagte Henry, strich den Saum des Kleides aus dem Weg und kniete sich vor Didi, ohne auch nur eine Sekunde den Blick von ihr abzuwenden.

»Wir müssen dich jetzt fertigmachen, und meine Aufgabe ist es, dich bald dem Festvolk vorzustellen.«

Der Satyr hatte wohl auch früher schon Frauen die Schuhe gebunden, denn er war geschickt, als er die dünnen Bänder um Didis Knöchel legte. Dann reichte er ihr beide Hände, zog sie hoch und mitten in den Raum, damit er eine ordentliche Kontrollrunde machen konnte. Anscheinend erfüllte Didi alle Anforderungen, denn danach bot er ihr den Arm. Didi blieb stehen.

»Warum sollte ich dem zustimmen?«, fragte sie. »Warum kann eine Nymphe nicht ihren Gatten wählen wie normale Frauen auch?«

»Weil alles vorbestimmt ist, und wir einen gemeinsamen Herrn haben«, sagte Henry geduldig und winkte Nora herbei. »Lass Nora das Kleid noch ein wenig richten.«

Nora war mit ein paar Schritten bei Didi, doch nicht, um mit dem Saum zu helfen. Schnell und sanft presste sie die Hand auf Didis Schläfe, und dann lag ihre Stirn auf Didis. Didi wollte sich wehren, doch ein überraschend angenehmes Gefühl durchströmte sie. Äußerlich wurde sie ganz ruhig. Tief in ihrem Inneren schmerzte es noch immer, aber als man sie wieder vor den Spiegel stellte, war sie nicht nur schön, sie strahlte geradezu. Sie war wie eine Gefangene in ihrer äußeren Schale und konnte die Oberfläche nicht einmal damit zerstören, dass sie versuchte zu treten.

»Na, so was«, sagte Henri und klang ein wenig enttäuscht. »Ich gehe voraus, und dann seid ihr dran.«

Henry ging, und die Nymphen waren plötzlich in Eile, weil sie auch noch ihre eigenen Kleider und Frisuren richten mussten. Sie bewunderten gegenseitig das Aussehen und den guten Geschmack der anderen und hatten bereits rote Wangen vor Aufregung. Dann befestigten sie noch die letzten Blumen in den Haaren. Die Nähe der unzähligen Satyrn erregte sie und ließ sie allmählich unruhig werden.

Jetzt könnte ich fliehen, dachte Didi, aber auch wenn sie in Gedanken mit wehendem türkisen Samt und Tüll zur Tür rannte, stand sie doch in Wirklichkeit da und lächelte. Bald würde man sie die mit Blumen geschmückte Treppe hinabführen. Ein paar Nymphen trugen den hinteren Teil des Kleids wie eine Schleppe, als sie zum Festsaal schritten, dessen Flügeltüren offen standen.

Henrys Stimme war in der offenen Eingangshalle gut zu hören.

»Ich heiße alle willkommen, sowohl diejenigen, die bereits hier waren, als auch diejenigen, die gerade erst in Budapest angekommen sind. Vierzehn Monate lang warten wir immer auf den Zeitpunkt, wenn der Mond der Erde am nächsten kommt, aber dieses Mal haben wir uns zu einem ganz außergewöhnlichen Fest versammelt. Und wir feiern von einem Vollmond bis zum folgenden!«

Henrys Worte wurden von ausgelassenem Lachen, Klatschen und Schreien begleitet, das vielleicht mehrere Minuten angedauert hätte, wenn nicht jemand den Lärm unterbrochen hätte.

»Wir wollen Henry reden lassen«, war Kordas hochmütige Stimme zu hören. »Als Zeremonienmeister muss ihm die Freude gewährt werden, uns auf die Folter zu spannen.«

»Danke, Gabriel«, meinte Henry, ohne sich ärgern oder antreiben zu lassen.

»Wie bereits gesagt, ist dieses Fest ein außergewöhnliches. Der Herrscher der Satyrn, der Gastgeber dieses Fests und mein Bruder, Gabriel Korda, hat eine Gattin gefunden, wie wir noch keine gesehen haben. Das hier ist der Vorabend der eleusischen Zeremonie, und morgen, wenn der Mond am größten ist und er in Erdnähe kommt …«

»Guter Henry, lass ihn uns einfach Supermond nennen, das passt zu meiner Regierungszeit«, sagte Korda arrogant und tat, als würde er gähnen. »Lasst uns reingehen!«

Jetzt applaudierte und schrie das Publikum wieder.

»Wie du wünschst«, sagte Henry leise. »Ich werde die Stimmung nicht mit einer langen Rede verderben. Jetzt kommen die ersten Nymphen aller Rudel und werden euch die Nymphe Desirée präsentieren!«

Ein Rascheln ging durch den Saal, denn alle standen auf und wandten sich der Tür zu. Didi war so in sich eingeschlossen, dass sie nicht einmal zitterte. Sie spürte die Begleitnymphen um sich herum und bewegte sich mit ihnen. Sie gingen mit langsamen, bedächtigen Schritten auf den Gang zu, der quer durch den Saal führte. Didi sah sich vorsichtig um. Sie konnte Kerzen sehen und roch den starken Duft von köstlichen Speisen. Sie hörte, wie man über sie redete. Manche lobten ihre Schönheit und die glänzend roten Haare, andere sprachen über sie wie eine Leckerei, die man auf einem Tablett dargeboten hatte. Didi versuchte, das Gemurmel auszublenden. Bis jetzt hatte sie sich auf die Blütenblätter auf dem Boden konzentriert, aber jetzt wollte sie wissen, wohin man sie brachte. Ihr Blick glitt den Gang entlang zu einem Podest. Sie konnte Henrys Gesicht sehen, und mitten auf dem Podest saß Gabriel Korda mit lässig übereinandergeschlagenen Beinen. Die Augen des Satyrs leuchteten dunkel, als würden sie brennen, und sein Blick war zufrieden wie der von jemandem, der gerade ein neues Auto gekauft hat. Didi fürchtete den Augenblick, in dem er sie berühren würde. Konnte ihr denn niemand helfen? Verstand denn niemand, dass sie nicht aus freiem Willen hier war? Und warum trugen sie ihre Beine immer noch weiter? Neben Korda bewegte sich etwas, und Didis Blick wandte sich dorthin. Wenn sie in der Lage dazu gewesen wäre, hätte sie gelacht. Natürlich. Es konnte nicht wahr sein, denn das hier war ein Traum. Eine andere Erklärung gab es nicht dafür, dass Samuel rechts neben Korda saß, einen blauen Anzug trug, Wein trank und sie wie eine Fremde ansah. Im Traum erkannte Samuel sie nicht, sonst wäre er zweifellos vom Podest heruntergesprungen, wäre ihr entgegengekommen und hätte sie weggebracht. Samuel hätte sie vor all dem gerettet …

Ich muss versuchen aufzuwachen, dachte Didi. Damit dieser Alptraum ein Ende hat und alles wieder normal ist. Der Alptraum aber setzte sich fort, denn Samuel starrte nur nach vorne, und Didi wurde neben Gabriel Korda geführt. Der Herrscher packte sie hart an der Hand und setzte sie zwischen sich und Henry. Der feste Griff und auch der vom Satyr ausgehende Geruch sagten Didi, dass sie nicht träumte. Sie verstand nichts mehr. Vielleicht ahnte Gabriel es, denn während das Volk noch schrie und applaudierte, beugte er sich näher zu ihr hin.

»Tut mir leid, dass wir Noras besondere Fähigkeiten einsetzen mussten«, flüsterte er süßlich. »Tauche in die Stimmung ein. All das veranstalten wir für dich … Und natürlich für mich. Genieße diesen Abend, er wird dich auf morgen vorbereiten. Dann werden wir endgültig zusammenkommen, und du wirst sehen, wie es ist, meine Gattin zu sein. Denn dafür wurdest du gemacht.«

Das Lächeln auf Gabriels Lippen war bestimmend und selbstsicher. Didi nickte, worauf Gabriel sie erneut an der Hand nahm und einen höflichen Kuss daraufpresste. Didi hätte ihn gerne mit dem Saum ihres Kleids weggewischt, aber Gabriel stand bereits und zog auch sie hoch.

»Nymphen und Satyrn!« Gabriels wichtigtuerische Stimme übertönte den Lärm, und alle verstummten.

»Das hier ist die Nymphe, die bis ins kleinste Detail mein Ideal darstellt. Die Wölbung der Augenbrauen, der Ton der Iris, die Ohrenspitzen, der Flaum unter dem Nabel, der Duft …«

Gabriel näherte sein Gesicht Didis Hals und schnupperte hörbar, was das Publikum wieder laut werden ließ, doch der Satyr hob die Hand zum Zeichen, dass er noch weiterreden wollte.

»Ich habe diese Nymphe – natürlich auch mit ein wenig Hilfe von wohlwollenden Göttern – gemäß all meiner Wünsche geschaffen. Ihre Gedanken, Ängste und Talente sind für mich gemacht worden. Diese Nymphe gehört mir, aber damit ihr an diesem eleusischen Vorabend nicht ganz leer ausgeht, gebe ich euch meine Desirée Volante!«

Während Korda sprach, waren einige Satyrn neben den mit Stoff verhangenen Gegenstand getreten, den nun alle neugierig ansahen. Der Satyr machte eine theatralische Pause, erhob die Hände und winkte dann. Da zogen die Satyrn den Stoff weg.

Didi sah ihr nacktes Selbst. Die Statue! Um sie herum wurde gepfiffen und gerufen, manche sangen sogar. Die Nymphen beeilten sich, den Feiernden mehr Wein einzuschenken. Die Stimmung war voller Leidenschaft.

»Das ist mein Geschenk an euch«, verkündete Korda neben Didi, die verwirrt zurück in den Stuhl sank.

»Kümmert euch gut um die Herrscherin, seid froh und bereit für den morgigen Supermond!«

Didi verfolgte, wie die Satyrn und Nymphen sich um die Statue versammelten. Sie bewunderten und streichelten sie, manche leidenschaftlich und lüstern. Der Gedanke, dass sie selbst diese Statue war, nackt und von allen berührt, verschlug Didi den Atem. Ihr wurde schlecht. Sie war nun doppelt gefangen: Sie saß fest und war in ihrem Körper eingeschlossen, und sie stand dort machtlos auf dem Sockel und konnte die immer heißer werdenden Liebkosungen nicht verhindern. Sie versuchte, Samuels Blick zu erhaschen, der aber starrte nur das Kunstwerk aus Alabaster an.

Gabriel Korda streckte den Weinkelch aus, der sofort wieder gefüllt wurde. Er trank ihn in einem Zug leer und wischte die Tropfen mit dem Handrücken vom Mund. Dann gab er Nora ein Zeichen und wandte sich Didi zu.

»Dieses Fest wird bald wild, und auch ich habe vor,

meinen letzten Abend als Unverheirateter zu genießen, das bin ich diesen schönen Nymphen schuldig«, meinte er breit grinsend.

»Du wirst jetzt ins Bett gebracht und legst dich das letzte Mal alleine hin. Gerne würde ich sagen, dass ich dich bekomme, aber besser ist es zu sagen, dass du mich bekommst!«

Didi spürte bereits, wie sie aus der Lethargie erwachte, und versuchte, sich an Samuel zu wenden, damit dieser etwas tat, ihr half oder den Ausschweifungen mit der Statue ein Ende setzte, aber Nora hatte ihr bereits ihre beruhigende Hand auf die bloße Schulter gelegt, und bald darauf wurde sie sicher durch die fröhliche Festgesellschaft geführt.

18

Samuel hatte die Patienten manchmal sagen hören, dass sie das Gefühl hatten, ihr Herz hätte kurz aufgehört zu schlagen, und normalerweise sagte er dann, dass das nur ein Gefühl war. Das menschliche Gehirn spielt manchmal Streiche. Nach diesem Abend würde er solche Gefühle nicht mehr herunterspielen, denn sein eigenes Herz schien das Pumpen des Bluts völlig eingestellt zu haben, und auch sein Bewusstsein trübte sich für einen Moment, als er sah, wer in der Mitte der Nympheneskorte am anderen Ende des Gangs stand. Hätte Henry, der auf der anderen Seite von Korda saß, sich nicht vorgebeugt und ihn warnend angesehen, wäre er sicher aufgesprungen. Auch sein Sitznachbar Raoul hatte ihm die Hand auf den Oberschenkel gelegt, als würde er ihn festhalten wollen. Aber Samuel schwelte innerlich, er loderte geradezu. Er wusste nicht, wie er sich beherrschen sollte, denn Didis Ruhe brachte ihn zur Weißglut. Die Frau, die Nymphe, der er ewige Liebe geschworen hatte und die auch ihm versichert hatte, ihn zu lieben, ging völlig ruhig und beherrscht dem selbstbewussten Gabriel Korda entgegen, setzte sich neben ihn und lächelte, als wäre dies der glücklichste Tag ihres Lebens. Raoul immerhin ahnte etwas, denn er drückte Samuel ein Rotweinglas in die Hand, redete über das Fest und erklärte, wer all die wichtigen Gäste waren. Samuel trank lange aus seinem Glas und versuchte, den Blick auf die in den Saal drängenden Massen zu konzentrieren. Alle benahmen sich zügellos. Einen allerdings gab es, der sich am Rand des Saals hielt, und für einen Augenblick trafen sich Samuels und Mitchell Brannegans Blicke. Samuel wandte sich sofort ab. Die Situation war unerträglich.

Als dann die Ausschweifungen mit der Statue begannen, wusste Samuel nicht, wie er seinen Ekel verbergen sollte. Didi schien sich überhaupt nicht darum zu kümmern, dass sie entblößt und nackt der gesamten Satyr- und Nymphengemeinde gezeigt wurde, man konnte mit ihrer Doppelgängerin anscheinend tun, wonach einem gelüstete. Sie schien sich nicht dagegen zu wehren, sondern saß als demütige Braut neben dem stolzen Korda, bis er den Befehl gab, sie wegzubringen.

Geht nur, dachte Samuel, stand aber schon halb auf, um Didi zu folgen.

Ein starker Griff hielt ihn fest, und dann sah er Henrys ruhigen, intelligenten Blick. Raoul kam auf die andere Seite, und die Satyrn führten ihn ein wenig vom Lärm weg, der immer lauter wurde. Samuel sah noch kurz zu Korda, der sich eine lachende Nymphe auf den Schoß gezogen hatte und hemmungslos ihre bloßen Brüste streichelte. Samuel hätte ihm am liebsten vor die Füße gespuckt.

»Habt ihr die ganze Zeit gewusst, dass Didi Gabriels Auserwählte ist?«, fragte Samuel Henry.

»Das ist unwesentlich«, antwortete Henry. »Das Wichtigste ist, dass das hier schon länger vorbereitet wurde, als es dich überhaupt gibt, sowie die Tatsache, dass du selbst der Sohn des Herrschers bist. Das öffnet dir alle Türen, ermöglicht dir alles, wovon du immer geträumt hast.«

Im Saal blitzten plötzlich helle farbige Lichter auf, und dann wurde ein DJ-Pult hereingeschoben. Musik erschallte in voller Lautstärke, und die Feiernden wurden noch wilder. Die Satyrn jagten lachenden Nymphen hinterher. Alle tanzten, tranken, aßen, und manche waren schon beim Liebesspiel. Die älteren und vornehmeren Satyrn hingegen gingen in den nebenanliegenden Salon.

»Bleibst du mit Raoul zum Randalieren hier, oder kommst du mit mir mit?« Henry zeigte den Satyrn hinterher. »Ich würde dich gerne ein paar Leuten vorstellen.«

»Ich bleibe hier«, sagte Samuel. Er ging in Richtung Tanzfläche zu den Nymphen, die sich verführerisch bewegten, und winkte Henry zu. Bald schon war Henry verschwunden, und Samuel drehte eine Nymphe auf der Tanzfläche, deren kastanienbraune Haare von einer Seite zur anderen schwangen. Der Blick der Nymphe war einladend und direkt. Sie trug nur eine dünne, pfirsichfarbene Tunika. Samuel sah sich um.

Das Fest war tatsächlich in vollem Gange. Korda war zweifellos irgendwo, wo er seine Lust befriedigen konnte. Auch Raoul hatte sich auf gleich zwei Nymphen gestürzt, so dass Samuel sicher war, dass niemandem sein Verschwinden auffallen würde.

Er schlüpfte durch die dicken Vorhänge, die vor den französischen Balkons hingen, und lief in den Garten. Von innen konnte man nicht hinaussehen. In der frischen Luft fiel ihm das Atmen bereits leichter. Die Luft des Festsaals stand bereits von all der animalischen Leidenschaft, dem Geruch des Weins und den wilden Rufen. Samuel sank gegen das efeubehangene Terrassengeländer und atmete tief ein. Wenn so das Leben eines Satyrn war, wollte er es noch weniger als vorher.

Und wenn Didi ihre Wahl getroffen hat, will ich sie nicht mehr in meiner Nähe haben, dachte er. Gleichzeitig wusste er, dass er es von Didi selbst hören musste.

Samuel hob den Blick. Er sah auf die Fenster, in fast allen Zimmern brannte Licht. Nur ein Fenster im ersten Stock war dunkel.

Vielleicht braucht die Braut ihren Schönheitsschlaf, überlegte Samuel verbittert, zögerte aber trotzdem keinen Moment, sondern zog sein Hemd aus, band es sich um die Hüfte, testete kurz die Stabilität der Ranken, die die Wand bedeckten, und kletterte dann daran nach oben. Im Nu befand er sich vor dem Fenster, konnte aber nichts sehen. Wenn er die Wahrheit wissen wollte, musste er sich trauen. Er wickelte sich das Hemd fest um die Faust, spannte die Hand an und schlug das Fenster ein. Samuel lauschte. Nur die Partygeräusche waren zu hören. Er kletterte ins Haus.

Am anderen Ende des Zimmers sah er ein Bett und ging leise darauf zu. Dem Atmen nach zu urteilen schlief dort jemand, und der Ton war ihm so vertraut, dass er auch ohne etwas zu sehen wusste, dass es Didi war. Er trat näher. Sie war wunderschön. Die roten Haare lagen auf dem Kissen, und ihr Gesichtsausdruck war rein und unschuldig. Sie lag mit angezogenen Beinen da wie ein kleines Kind. Am liebsten hätte Samuel sich neben sie gelegt und sich mit ihr ausgeruht. Doch das war unmöglich. Die Wut allerdings, die er ihr gegenüber noch vor kurzem verspürt hatte, war verflogen. Jetzt spürte er Sehnsucht. Er rüttelte Didi ein wenig, aber erfolglos. Er musste fester rütteln, mehr …

Plötzlich öffnete Didi die Augen und schnappte nach Luft. Sie hatte eindeutig Angst, und Samuel musste sie schnell beruhigen.

»Alles gut, ich bin es«, sagte Samuel leise.

»Warum bist du hier? Warum bin ich hier?«, fragte Didi und schluckte.

Samuel setzte sich auf den Bettrand und legte die Hände auf Didis nackte Arme. Sie schien zu hyperventilieren.

»Zum Glück bist du am Leben«, sagte er. »Nicht einmal das wusste ich sicher. Ich habe so oft befürchtet … Dann dachte ich aber, ich würde es schon spüren, wenn du tot wärst.«

»Du warst in dem Traum, in dem ich auf einem merkwürdigen Fest war«, sagte Didi. »Ich hatte keine Ahnung, warum ich da war. Man hatte mich jemandem zur Frau versprochen.«

Samuel sah Didi forschend an. Wusste sie wirklich nicht, was passiert war oder was ihr noch bevorstand? Samuel wollte es aus vollem Herzen glauben, konnte sich aber immer noch nicht sicher sein. Die Wärme von Didis Atem und ihre schimmernde Haut waren so einladend, doch er konnte sich ihrer Zauberkraft nicht hingeben. Er musste die Sache klären.

»All das ist wahr. Du bist hier, weil du morgen Gabriel Kordas Frau wirst. Das hast du nicht gewusst?«

»Dieser Korda, der Satyr, war in meinem Traum«, antwortete Didi ein wenig nachdenklich.

»Er behauptet, du seist für ihn gemacht worden«, meinte Samuel.

Plötzlich schien es, als wäre Didi endlich wach. Sie warf die Decke beiseite und sprang vom Bett auf, Samuel aber hielt sie fest. Für einen Moment waren sie sich ganz nah, dann aber fuhren sie auseinander.

»Wo willst du hin?«, fragte Samuel.

»Hier bleibe ich nicht. Wir müssen fliehen. Jetzt sofort!«

»Hier wimmelt es von Satyrn und Nymphen, die auf Kordas Seite stehen. Es kann sein, dass alle feiern, aber die Sicherheitsvorkehrungen sind bestimmt sorgfältig geplant worden«, meinte Samuel. »Wir kommen nirgends hin. Lass uns warten, einen Plan aushecken …«

»Dafür ist keine Zeit. Ich bleibe nicht bis morgen hier«, keifte Didi und versuchte, ihn von sich zu stoßen, doch Samuel bewegte sich nicht. Sie sahen einander mit lodernden Augen an, einerseits mit der Lust, sich zu berühren, andererseits mit rasender Wut. Samuels Miene wurde weich, als er Didi ansah. Warum mussten Nymphen am schönsten sein, wenn sie sich aufregten? Samuel hatte gerade Didis Handfläche auf seine bloße Brust gezogen, auf sein Herz, als die Tür aufging. Schnell legte er die Finger auf die Lippen, sah sich um und schlüpfte dann unter das Bett. Didi zog sich schnell die Decke wieder über und tat, als würde sie schlafen. Samuel schaffte es gerade noch, sein zu Boden gefallenes Hemd mit sich unter das Bett zu ziehen, als er aus seinem Versteck Lacklederschuhe näherkommen sah. Gabriel Korda ging zum Bett und sah Didi voller Leidenschaft an. Samuel konnte sich kaum beherrschen, um nicht unter dem Bett hervorzukommen und den Satyr herauszufordern.

»Nicht erschrecken«, war Kordas Stimme zu hören. Wahrscheinlich berührte er Didi. Samuel konzentrierte sich darauf, gleichmäßig und leise zu atmen. Er musste sich jetzt gedulden. Es ging nicht nur um seine eigene Rettung, sondern auch um Didis. Er schärfte sein Gehör. Didis erschrockener Atem sagte alles.

»Dagegen anzukämpfen ist völlig umsonst«, flüsterte Korda. Samuel stellte sich Kordas gierigen Blick vor, und ihm wurde schlecht.

»Du wurdest für mich gemacht, du bist in jeder Hinsicht eine Maßarbeit. Der Gott, der mir geholfen hat,

hat die Satyrn allergisch gegen dich gemacht. Ich wollte auch nicht, dass mein Sohn Samuel dir verfällt.«

Didi zuckte zusammen, versuchte aber immer noch so zu tun, als wäre sie weiterhin betäubt. Samuel konnte nur ahnen, was für ein Schock es für Didi sein musste, zu erfahren, dass Korda sein Vater war, wo sie doch mit allen Mitteln die Übermacht der Satyrn hatte bekämpfen wollen. Vielleicht würde sie auch ihn jetzt hassen. Was sollte er dann bloß tun?

»Bist du auch gegen mich allergisch?«, fragte Didi leise und unschuldig.

Ein Rascheln war im Dunkeln zu hören. Korda schien etwas aus seiner Tasche zu nehmen und reichte es Didi.

»Nur noch für einen kleinen Moment«, antwortete er. »In dieser Flasche hier ist ein Gegengift. Trink das, und die Allergene verschwinden bis morgen Abend. Dann ist Vollmond, Supermond, und wir können uns vereinen, wie es sich für eine Nymphe und einen Satyr gehört.«

Kordas Stimme war wieder überheblich geworden, und er klang, als müsste Didi ihm dankbar sein für die Ehre, die ihr zuteil geworden war. Samuel musste sich auf die Lippen beißen, damit er nicht anfing zu schreien. Korda gab sich als sein Vater aus, doch das würde er nie werden. Und auch Didi würde er nie bekommen.

»Bin ich Gift für dich und alle Satyrn, wenn ich das nicht trinke?«, fragte Didi, und Samuel ahnte bereits, was sie dachte. Jetzt musste er doch ein wenig lächeln, schreckte aber gleichzeitig auf. Er begriff, was das Gegengift für Didi, ihn selbst und natürlich Korda bedeutete. Trink es nicht, wollte er sie anflehen. Dann bist du in Sicherheit … Trink! Dann können wir immer zusammen sein, für alle Ewigkeit, und wir sind frei …

»Ich hatte mir gewünscht, dass Herms meiner Nymphe einen starken Willen und viel Feuer geben würde«, lachte Korda und spielte damit wahrscheinlich auf das eingeschlagene Fenster an, von dem er zum Glück annahm, dass Didi es kaputtgemacht hatte. Das Lachen allerdings war eisig. Jetzt war Korda herrisch und knurrte fast.

»Du musst das trinken. Wenn nicht einmal ich mich traue, mich gegen die Götter aufzulehnen, traust du dich dann?«

»Was passiert, wenn ich das trinke?«, fragte Didi.

»Morgen Abend ist der Mond näher als je zuvor. Er geht in enormer Größe und in vollem Schein am Himmel auf. Dann wirst auch du stärkere Gefühle haben als je zuvor«, sagte er jetzt wieder samtweich. »Du wirst von deiner Lust überrollt werden und voller Leidenschaft sein. Und dann wirst du mir danken, dass du bei mir sein darfst.«

Samuel ballte die Fäuste.

Der Tag, an dem du Didi bekommst, wird nie kommen, schwor er und spürte die rote Glut in sich. Er musste sich unter Kontrolle halten. Er durfte nicht entdeckt werden.

»Trink!«, bellte Korda Didi an.

Kurz darauf fiel eine kleine, leere Flasche zu Boden. Samuel konnte in der Dunkelheit ein geflügeltes H auf der Seite der Flasche ausmachen. Didi hatte also gehorcht. Korda beugte sich über das Bett, und Samuel hielt den Atem an. Doch der Satyr begnügte sich damit, Didi zuzudecken.

»Schlaf«, befahl er, jedoch weiter in warmherzigem Ton. »Morgen ist ein wichtiger Tag für uns beide. Man wird dir natürlich erklären, wie die Zeremonie abläuft, damit du alles richtig machst. Aber jetzt musst du dich ausruhen. Die Nymphen wecken dich morgen.«

Korda schien Didi zu küssen, ging dann aber aus dem Zimmer. Kaum war die Tür hinter ihm zugefallen, kam Samuel unter dem Bett hervor. Didi wischte sich die Wangen mit dem Laken ab.

»Du hast es getrunken?«, fragte Samuel.

»Warum behauptet Korda, dein Vater zu sein?«, antwortete Didi mit einer Gegenfrage. »Dann bist du ein halber Satyr!«

»Meine Mutter hat gewisse Dinge weder mir noch

meinem Vater erzählt«, meinte Samuel lakonisch. »Darüber müssen wir jetzt nicht reden.«

»Nein, denn ich zumindest habe vor, von hier zu verschwinden«, sagte Didi, fasste sich dann aber mit der Hand erst an die Brust und dann zum Hals. Sie sah plötzlich ein wenig fiebrig aus.

»Was war das denn für ein Mittel?«

»Hier kommen wir erst mal nicht weg«, wiederholte Samuel. »Wir müssen mitspielen.«

»Das ist leicht gesagt«, schnauzte ihn Didi an. »Du wirst ja nicht morgen mit dem egozentrischsten Satyr der Welt verheiratet.«

Da trafen sich Samuels und Didis Blicke. Sie schwiegen, doch langsam tasteten sich ihre Finger aufeinander zu.

»Lass uns warten«, sagte Samuel.

Nach kurzem Zögern nickte Didi. Einmal wollte sie das tun, was er vorschlug. Sie musste fast lächeln.

»Ich will nicht gehen«, flüsterte Samuel. »Ich will hier bei dir bleiben.«

»Du musst aber gehen und dir eine Nymphe ins Bett holen«, erwiderte Didi ernst.

Samuel erschrak. Er hatte nicht gewusst, wie durcheinander Didi das Gegengift gemacht hatte, doch das, was sie sagte, machte auf keinen Fall Sinn.

»Dann halten die Satyrn dich für einen von ihnen«,

fuhr sie fort. »Es ist einfacher, wenn wir sie täuschen. Tu es für mich. Für uns.«

Samuel senkte den Kopf. Didi hatte recht. Er konnte sich bereits vorstellen, wie stolz Gabriel Korda auf seinen eigenen Sohn sein würde, wenn er am Frühstückstisch hörte, dass Samuel die Nacht mit einer Nymphe verbracht hatte.

19

Didi hatte den Wunsch geäußert, ihr Frühstück im Park des Palastes einnehmen zu dürfen. Immerhin war sie doch eine Naturnymphe und die Auserwählte des Herrschers, so dass sie auch Rechte haben musste. Die Nymphen hatten sich bereitwillig an die Organisation gemacht. Vielleicht hatte die wilde Nacht auch ihnen Anlass gegeben, sich nach dem Schatten von Bäumen und dem Duft von Blumen zu sehnen. Doch Didi hatte sich getäuscht in der Annahme, dass sie einfach aufstehen, ihr Kleid überziehen und hinausgehen konnte. Die Nymphen kamen zunächst zum sorgfältigen Kämmen, Waschen und Anziehen. Als Didi nach Meinung der anderen endlich fertig war, hatte sie großen Hunger. Es war fast schade, dass alles wie ein Kunstwerk angerichtet war, denn so traute sie sich nicht, die vielen Gaben einfach herunterzuschlingen.

Man goss ihr Sencha-Tee ein, stellte leckere kleine Häppchen vor sie und millimetergenau geschnittenes Obst; für das frisch gebackene Brot brachte man ihr perfekt pochierte Eier. Als ihr Magen allmählich voll war, konnten auch die restlichen Sinne das Servierte genießen. Während sie die letzten Leckereien aß, sah sie sich um. Die Park- und Gartenanlage war wirklich prächtig. Es gab Bäume, Büsche und blühende Blumen mit verschiedenfarbigen Blättern. Der Duft war sanft, aber betörend. Schmetterlinge flogen durch die Luft, und die Bienen summten. Einige von ihnen kamen zwischendurch zu Didi und schwirrten neugierig um sie herum, doch sie verbot Nora, sie zu verjagen.

Schließlich wischte sich Didi den Mund mit einem Leinentuch ab und gab ein Zeichen, dass sie bereit war, aufzustehen. Die Nymphen beeilten sich zu fragen, ob sie satt war oder noch etwas wünsche.

»Ich würde gerne spazieren gehen. Kommst du mit?«, fragte sie Nora und signalisierte, dass sie sich mit ihrer neuen Position abgefunden hatte, und so drehten sie eine Runde durch den Park. Didi stellte zunächst ein paar einleitende Fragen und ließ Nora dann in aller Ruhe über den Palast und das Areal erzählen. Es war gut, die Nymphe in dem Glauben zu lassen, dass sie als zukünftige Herrscherin alles wissen wollte.

Nach einer angemessenen Zeit suchte Didi den

Schutz der Bäume auf, und Nora folgte ihr. Didi legte die Handfläche auf den Stamm einer alten Eiche und sog deren Kraft ein. Vielleicht lag es an dem kommenden Supermond oder aber an dem Mittel, das Korda ihr gegeben hatte, aber sie schien tatsächlich alles viel stärker zu fühlen. Es war ein gutes, aber auch beängstigendes Gefühl. Didi hatte keine Ahnung, wie sie es nutzen konnte, oder ob die Gefühle sie einfach mit sich zogen.

Didi lehnte sich gegen die Eiche und betrachtete den Palast, der bereits weit entfernt war.

»Suchst du etwas?«, fragte Nora.

»Vor der Trauung würde ich gerne Samuel sehen. Er war meine erste große Liebe, und ich möchte mich bei ihm für alles bedanken«, sagte sie süß. »Welches ist sein Zimmer?«

»Das dort.« Nora zeigte auf einen bestimmten Teil des Palastes. »Ich kann dich aber nicht zu ihm lassen. Heute darfst du keinen Satyr treffen. Auch sie dürfen dich erst am Abend sehen.«

»Es muss ja niemand wissen«, versuchte Didi noch, Nora zu überreden.

»Nein«, erwiderte diese entschlossen

»Noch heute Nacht werde ich zu Gabriel Kordas Frau«, sagte Didi. »Ich kann es dir also befehlen.«

»Erst nach dieser Nacht«, meinte Nora und klang,

als würde sie etwas ahnen. »Ich gehorche dem Herrscher.«

Noras Hartnäckigkeit ging Didi allmählich auf die Nerven. Sie spürte, wie das Blut in den Adern pochte, und sie hatte einen surrenden Ton im Kopf. Oder kam der von den eifrigen Bienen, die in diesem Moment in einem ganzen Schwarm um sie herumflogen? Sie streckte den Hals und schloss die Augen, als der Luftstrom, den die Bienen erzeugten, ihr Gesicht streichelte. Dann waren sie verschwunden. Als sie die Augen öffnete, sah sie Noras entsetzten Blick, während ihr eigener an Nora hängenblieb.

Du hast mir zu gehorchen, du armselige Nymphe, dachte sie. Du verdienst die Freiheit nicht einmal, denn du unterwirfst dich den Satyrn, als wären sie allmächtig. *Ich* bin allmächtig!

Didi wusste nicht, woher dieser Gedanke gekommen war, aber plötzlich sah sie, wie Nora sich den Kopf hielt, als würde er zerplatzen. Der Baum schwankte wie in einem Sturm. Dann fiel Nora, die Haut bläulich, zu Boden. Ihre Augen standen offen. Die Windböe flaute ab, und Didi zitterte. Energie war durch sie hindurchgeflossen, wie sie es noch nie zuvor erlebt hatte. Was sie mit Matilda gefühlt hatte, war ähnlich gewesen, jetzt aber hatte sie ihre Aggression auf eine andere Nymphe übertragen, ohne sie überhaupt berührt zu haben. Doch Didi hatte keine Zeit, weiter darüber nachzudenken. Nora lag bewegungslos da, vielleicht war sie tot, und Didi hatte nicht vor zu überprüfen, ob ihr Herz noch schlug. Die Nymphen hatten ihr am Morgen zum Schutz vor der Sonne einen dünnen Spitzenschal gegeben, den sie sich jetzt über die roten Haare legte. Sie spazierte zum Palast und nahm einen Korb mit Blumen von einem Tisch auf der Terrasse, als wäre sie eine der Nymphen, die die Zeremonie vorbereiteten – die Satyrn waren vermutlich erst am Aufstehen. Es herrschte bereits so viel Tumult, dass ihr niemand besondere Aufmerksamkeit schenkte, als sie die Treppe nach oben eilte, um das richtige Zimmer zu suchen.

Doch wie sollte sie es finden? Das Gebäude war riesig, und es gab viele Zimmer. Dann erinnerte sie sich an die Nacht in Budapest, als sie alleine schlafen gegangen war. Jetzt waren ihre Sinne schärfer. Sie musste versuchen, Samuels Duft aufzunehmen. Sie konzentrierte sich kurz und befürchtete schon, dass die Aufgabe unlösbar war. Sie schnupperte. Die Luft schien dick, so viele verschiedene Gerüche gab es. Doch dann roch sie ihn eindeutig. Samuels Haut, die Haare, die Wärme … Genauso gut hätte sie sich blind orientieren können. Kurz darauf stand sie vor der richtigen Tür und öffnete sie vorsichtig. Sie konnte nichts hören, und es schien, als wäre niemand im Zimmer. Samuels Duft verzauberte sie fast, aber das Zimmer war leer. Didi schlüpfte hinein. Sie musste sichergehen, dass man sie nicht entdeckt hatte. Ihr Blick wanderte durch den Raum; sie suchte ein passendes Versteck und musste dann fast lachen. Zumindest Gabriel Korda kannte seinen Sohn überhaupt nicht, denn sonst hätte er gewusst, dass dieser protzige Stil nicht zu Samuel passte.

Samuel mochte praktische Dinge – oft moderne Gegenstände – und gab nie an, weder mit dem, was er erreicht hatte, noch mit seinen Sachen. Er war wirklich das Gegenteil von Korda. Dennoch schien Samuel an die Blutsbande geglaubt zu haben. Didi hatte ihm am Abend zuvor widersprechen wollen, dann aber an Nadia denken müssen. Manchmal, wenn sie sich über das Nymphensein gewundert hatte, hatte sie Nadia über ihre Beziehung zu Jesper ausgefragt und wie es war, mit einem Satyrn zusammen zu sein. Nadia hatte geantwortet, dass es das Natürlichste der Welt war. Dasselbe Gefühl hatte Didi mit Samuel. Oder zumindest hatte sie es gehabt. Noch konnte sie nicht sagen, ob es zu viele Dinge waren, die sich zwischen ihnen geändert hatten, aber zumindest in der letzten Nacht hatte es eine stumme, starke Verbindung zwischen ihnen gegeben.

Vor der Tür waren Schritte zu hören, und Didi

musste sich beeilen. Sie konnte kein Versteck mehr suchen, sondern rannte schnell hinter die sich öffnende Tür. Wer auch immer hereingekommen war, es war besser, sich sofort zu verteidigen. Sie stieß die Tür hinter der Person zu und presste die Hände um deren Hals.

»Didi?«

Didi ließ nicht los, auch wenn sie jetzt wusste, dass es Samuel war. Erst als sie sich beruhigt hatte, ließ sie locker. Samuel drehte sich zu ihr um, und Didi sah, wie es rot in seinen Augen flackerte. Es war also wahr. Samuel war zur Hälfte ein Satyr. Unwillentlich ging sie ein paar Schritte zurück.

»Was hast du denn getan?«, fragte Samuel leise und ging mit ausholenden Schritten durchs Zimmer. »Nora wird gerade geheilt, aber du hättest sie töten können. Jetzt suchen dich alle …«

»Sie wollten uns nicht mehr zusammenkommen lassen«, sagte Didi verärgert. Warum begriff Samuel die einfachsten Dinge nicht?

»Man hat mich die ganze Zeit bewacht. Ich durfte vor der Zeremonie am Abend keinen einzigen Satyr treffen. Wir müssen sofort fliehen!«

»Wenn wir alles überstürzen, kommen wir nie von hier weg. Der Palast ist voll mit Leuten«, meinte Samuel. »Und was glaubst du, was Korda machen würden, wenn sein Sohn und seine Braut zusammen fliehen? Du selbst hast uns in noch größere Gefahr gebracht, als du die Nymphe im Park fast getötet hast.«

Didi konnte nichts dagegen tun, als sie den nächstbesten Gegenstand, eine Weinkaraffe, in die Hand nahm und mit voller Wucht gegen die Wand warf. Beide drehten sie sich um und sahen erstaunt auf die Folgen. Die Karaffe lag in Scherben da, aber ein Teil davon war durch die Wucht des Wurfs in die Mahagonivertäfelung eingedrungen.

»Du bist wirklich ein Satyr«, zischte Didi, die wieder in der Lage war zu sprechen. »Nicht einmal die Hosen anlassen kannst du. Was habe ich nur in dir gesehen?«

Samuels Gefühle waren ebenso an die Oberfläche getreten. Er griff nach Didis Handgelenk und ließ es nicht mehr los, auch wenn Didi noch so zerrte. Und plötzlich trafen sich ihre Lippen. Didi war es, die zuerst zurückwich, weil sie dachte, dass Samuel zu Boden gehen würde. Im Nu war ihr Zorn wie weggeblasen. Samuel aber stand noch immer vor ihr. Er untersuchte seine Lippen.

»Und?«, fragte Didi ein wenig dümmlich.

»Es kribbelt und brennt, aber …« Samuel zuckte mit den Schultern und sah sie fragend an. Erst kam Didi einen Schritt näher, dann Samuel. Sie lächelten, als ihre Fingerspitzen sich trafen. Didi erinnerte sich nicht einmal mehr daran, dass sie Samuels oder ihre eigenen

Gefühle angezweifelt hatte. Jetzt war der Moment, wo sie alles andere vergessen konnten …

»Bestimmt sind sie beide hier!«, war eine Stimme vom Flur zu hören, und beide erkannten diese Stimme. Mitchell Brannegan kam den Flur entlanggelaufen.

»Samuel?«, war jetzt auch Henrys Stimme zu hören. »Hilfst du bei der Suche? Du kennst Desirée am besten, vielleicht hört sie sogar auf dich. Sie muss noch hier auf dem Gelände sein …«

Mitchell aber stieß bereits die Tür auf. Didi entging seine siegesfreudige Miene nicht.

»Nehmt sie beide fest! Ich wusste, dass sie zusammen sind«, sagte Mitchell. Man riss sie auseinander. Didi konnte nicht einmal Samuels Namen rufen, als sie die starke Hand des Satyrs bereits im Gesicht spürte und weggetragen wurde.

»Wie du das deinem Vater erklärst, würde ich gerne sehen«, hörte Didi Mitchell noch sagen, bevor sie vor Schmerz aufschrie. Dann wurde ihr schwarz vor Augen.

20

Diesmal ließ man Didi in ihrem Zimmer nicht mehr alleine. Die Satyrn hatten ihr die Hände und Füße äußerst unsanft zusammengebunden, während die Nymphen alles von der Seite mitverfolgten. Nachdem die Satyrn gegangen waren, fuhren sie mit ihren Beschäftigungen fort, als wäre eine gefesselte Braut nichts Ungewöhnliches. Von verschiedenen Rudeln waren bereits Geschenke eingetroffen, die natürlich bewundert und verglichen werden mussten. Ein Teil der Nymphen richtete die Kammer her, in der die Vollmondnacht verbracht werden sollte. Didi hatte nicht vor, sich etwas anmerken zu lassen, war aber fest entschlossen, niemals Gabriel Kordas Frau zu werden.

»Ich hätte nie gedacht, dass ich mal bei einem solchen Fest dabei sein kann«, meinte eine der Nymphen begeistert. »Es sind sogar Götter dabei!«

»Ich habe die Satyrn sagen hören, dass das nicht immer etwas Gutes verheißt, im Gegenteil«, erwiderte eine andere. »Die Götter sind unberechenbar.«

»Diana zumindest mag uns Nymphen«, stellte Béata Tara fest, die gerade eine Stofftasche hereintrug, in der sich zweifellos Didis Kleid befand. »Ich kenne welche, die sie mit zur Jagd genommen hat. Diese Jagdpartien sind angeblich einzigartig.«

Die jüngeren Nymphen seufzten auf. Dann redeten sie wieder über die guten und schlechten Seiten der Satyrn. Didi ertrug es langsam nicht mehr.

»Wisst ihr, wie es ist, sich zu verlieben?«, fragte sie unabsichtlich laut, was alle verstummen ließ. Ein paar Nymphen kamen näher, die anderen aber hielten Abstand. Sie wussten genau, wie schlimm sie Nora verletzt hatte.

»Mit einem Satyr ist es so wunderbar«, meinte eine Nymphe.

»Wenn man jemanden liebt, ist es noch viel schöner«, erwiderte Didi. Ihre Erinnerungen zauberten ihr ein Lächeln ins Gesicht. Ihre Gefühle für Samuel hatten so überraschend wieder ihr Herz erfüllt, dass sie nicht anders konnte, als glücklich zu sein. Sie hatte schon geglaubt, einen Teil von sich selbst verloren zu haben, als sie ihren Liebsten verloren hatte.

»Hattest du schon einen ganz besonderen Satyr?«,

fragte Béata, denn die Nymphen waren immer neugierig.

»Keinen Satyr, sondern einen Menschen«, antwortete Didi.

Diese Information ließ alle im Raum tief durchatmen. Der Gedanke, einen Menschen zu lieben, war unmöglich. Man konnte Menschen benutzen, man konnte Spaß mit ihnen haben, aber ein Satyr war immer die bessere Alternative.

»Deshalb will ich nicht Gabriel Kordas Frau werden«, sagte Didi leise. »Ihr könnt mir helfen. Lasst mich gehen, damit ich mit meiner Liebe zusammen sein kann.«

Die Nymphen antworteten nicht, sondern wandten sich schnell wieder ihrer Beschäftigung zu, als hätten sie nichts gehört. Didi seufzte. Sie hatte bereits die Stabilität der Fesseln getestet und wusste, dass es nichts brachte, sich gegen sie zu wehren. Sie konnte nur noch auf eine bessere Gelegenheit warten. Irgendwann musste man sie für die Zeremonie losmachen. Die Zeremonie, die niemals stattfinden würde.

Plötzlich schien es, als hätten die Nymphen einen Befehl erhalten, denn eine nach der anderen ging aus dem Zimmer. Bald verstand Didi auch den Grund dafür. Gabriel Korda stand vor der Tür des Schlafzimmers und massierte sich verärgert den Nacken.

»Ich hatte gehofft, dass du weißt, was das Beste für dich ist, aber dem ist wohl nicht so«, sagte er und versuchte, ruhig zu bleiben. »Jetzt befindest du dich in dieser Situation und solltest langsam begreifen, dass du heute Nacht meine Frau wirst. Das ist unvermeidlich.«

Korda kam auf Didi zu. Sie wollte zurückweichen, ihre Fesseln aber ließen es nicht zu. Sie wollte nicht, dass Korda sie berührte, konnte sich aber auch nicht wehren, als ihr der Satyr die Hand auf den Oberschenkel legte und prüfend darüberstrich.

»Vielleicht hättest du mich fragen sollen.« Didi spuckte die Wörter vor ihn hin.

»Ich dachte, du hättest gelernt, deine Gefühle besser unter Kontrolle zu haben.«

»Das Mittel, das du mich hast trinken lassen, hat dieses Verhalten verursacht«, erwiderte Didi.

Sie spürte bereits die Wirkung. Nie zuvor hatte sie eine solche Kraft besessen. Es war, als wären ihre Sinne potenziert worden.

»Nein, das kommt vom aufsteigenden Mond. Du bist eine Nymphe, und der Mond steigert stündlich deine Lust«, meinte Korda. »Es reicht, dass ich zum richtigen Zeitpunkt bei dir bin. Dann kannst du dich nicht mehr halten, und wenn du einmal mit mir geschlafen hast, willst du niemand anderen mehr …«

»Dich werde ich nie wollen!«, rief Didi aufbrausend.

»Oh, du kleine Nymphe, kämpf nur dagegen an, bringen wird es dir nichts«, sagte Korda. »Ich hoffe, du erinnerst dich irgendwann daran, dass ich es so nicht wollte. Aber du zwingst mich dazu.«

Korda stand auf. Er sah sich im Zimmer um, das bereits vor prachtvollen Geschenken überquoll. Er öffnete den Kleidersack und nickte zustimmend. Dann kam er noch mal ans Fußende des Betts.

»Du bekommst gleich noch einmal Besuch von jemandem, dem ich einen Moment mit dir versprochen habe«, sagte er. »Ich rate dir, höflich zu sein. Götter sollte man nicht beleidigen.«

Bis jetzt war Didi trotzig gewesen, aber als Korda weg war, zitterte sie plötzlich am ganzen Leib. Sie hatte keine Ahnung, was sie erwartete. Ein Gott war ein übernatürliches Machtwesen, vielleicht auch unsichtbar, aber allmächtig und sicher streng.

Als der unscheinbare Alfred Herms zu ihr kam, versuchte sie deshalb über seine Schulter zu spähen, um zu sehen, wann der Gott kam. Das schien Herms zu belustigen, der sie einfach nur ein paar Minuten lang beobachtete, bis sie begriff, dass niemand sonst kommen würde.

Merkwürdig, dachte Didi. Ich habe ihn dort in der Zelle gesehen, könnte aber schwören, dass er irgendwie anders ausgesehen hatte. Ohne den vertrauten Hut hätte sie ihn überhaupt nicht erkannt.

»Du bist deiner Mutter sehr ähnlich«, sagte Herms schließlich.

»Ich kannte Rose nicht, sie starb bei meiner Geburt«, antwortete Didi und wunderte sich gleichzeitig, dass sie zu einem so normalen Gespräch in der Lage war. Herms' Anwesenheit ließ sie zu sich selbst werden.

»Für mich war immer Elina Tiensuu meine Mutter. Ich hätte Rose natürlich gerne kennengelernt, aber jemanden zu vermissen, den es nie gab, ist schwierig.«

»Die wunderbare Rose«, seufzte Herms und versank kurz in Erinnerungen. »Ich war dabei, als du deinen Anfang genommen hast … Aber darüber wollte ich nicht reden, beste Desirée. Ich habe geschworen, mich darum zu kümmern, dass du Gabriels Frau wirst, und deshalb bin ich auch hier. Wenn der Ritus vorbei ist, verschwinde ich aus diesem Schauspiel. Danach seid ihr ganz unter euch.«

»Ich beabsichtige nicht, die Nacht mit Korda zu verbringen«, meinte Didi ernsthaft und brachte Herms zum Lachen. »Ich werde nie eine solche Nymphe sein wie die, die hier sind.«

»Sicher nicht«, bemerkte Herms und lächelte noch immer. »Hast du das Gegengift getrunken?«

Didi wollte eigentlich nicht antworten, aber aus irgendeinem Grund konnte sie Herms nur die Wahrheit sagen. Sie begnügte sich mit einem Nicken und erhielt dafür einen zustimmenden Klaps auf die Schulter. Herms beließ es aber nicht dabei, sondern kam noch einen Schritt näher und legte die Hand auf Didis Brust.

»Das Mittel wurde nach meinen Anweisungen erstellt. Es wird dich vollkommen rein machen.«

Jetzt hatte Didi das Gefühl, dass Herms durch sie hindurch sehen konnte. Er legte ihr die Hand auf die Stirn.

»Du spürst es sicher bereits hier und in der Brust«, sagte er. Dann wanderte die Hand des Gottes auf ihren Bauch und weiter hinab. »Spürst du es auch hier?«

Didi konnte sich nicht wehren. Am seltsamsten war, dass sie Herms' Berührung spürte, und doch war sie wie Luft. Sie sah ihn verwirrt an.

»Du hast außerordentliche Kräfte, aber das Gegengift befreit eine noch stärkere Energie in dir«, fuhr er fort.

»Die Barrieren in dir schmelzen, aber du musst lernen, deine Kräfte richtig zu benutzen. Denk nur: Eine kurze Nacht, die sogar voller Genuss sein kann, ist ein geringer Preis dafür, dass du zu Dingen fähig sein wirst, die anderen versagt bleiben.«

Herms' graue Augen – oder waren sie doch braun,

oder nein, grün – wurden zu einer ruhigen Seeoberfläche, und Didi sprang für einen Moment hinein, um darin zu schwimmen. Als sie sich kurz darauf schüttelte, war der Gott verschwunden. Es war, als hätte es ihn nie gegeben.

Ein paar starke Satyrn trugen Samuel mühelos die Treppe in den Keller hinunter, wo Mitchell bereits freundlich die Käfigtür offenhielt. Sie warfen Samuel hinein. Mitchell nickte den Satyrn zu, damit sie verschwanden. Samuel hätte sie gerne gebeten zu bleiben, denn Mitchell sah wahnsinnig aus. Wütend und freudig zugleich, mit zuckender Schläfe. Der Satyr war glücklich und gleichzeitig kurz vor dem Zusammenbruch. Als Arzt war es für Samuel leicht, das zu erkennen. Zudem war es auch an seinem schrillen Lachen zu hören.

»Hast du geglaubt, du kannst deinem Vater die Braut wegnehmen?«, brachte er hervor. »Einen Selbsterhaltungstrieb besitzt du wohl nicht, das haben wir ja schon gesehen. Du stellst dich jeder Gefahr, das hast du schon als kleiner Junge getan …«

Samuel sprang in seinem Käfig auf und rüttelte rasend am Gitter. Mitchell wich zurück, und Samuel wusste, dass seine Augen bereits rot glühten. Er musste sich dennoch beherrschen, ansonsten würde er hier nicht wieder herauskommen, und dann konnte er auch Didi nicht mehr helfen.

»Wie ich mir wünsche, dass dieses Aas doch dein Vater gewesen wäre«, wagte Mitchell einen Augenblick später fortzufahren. »Mein Leben wäre jetzt um einiges einfacher … Du hast es mir leicht gemacht, als du mit der Nymphe angebandelt hast. Jetzt genügt es, dass ich Gabriel Korda alles berichte, und deine Tage hier im Palast sind gezählt. Und ich werde belohnt …«

»Das glaube ich kaum«, war eine Stimme aus dem Dunkel des Kellers zu hören, und dann war Henry zu sehen.

»Da wäre ich gerne dabei, wenn du unserem Herrscher kurz vor seinem jahrhundertelang geplanten Fest erzählst, dass sein Sohn seine Auserwählte angerührt hat. Meinst du, er belohnt dich? Er wird dich im nächsten Augenblick schlachten. Ach, wie das den süßen kleinen Lucas zu Tränen rühren wird, aber bestimmt findet er bald jemanden, der ihn tröstet. Eine Nymphe oder einen Satyrn, so genau scheint es Lucas mit seiner Gesellschaft ja nicht zu nehmen.«

Samuel hatte verfolgt, wie Mitchells Gesichtsausdruck von Freude über Verärgerung in Angst übergegangen war. Kurz davor war der Mörder seines Vaters so selbstsicher gewesen, jetzt aber zitterten seine Hände, als er sich durch die tadellos geschnittenen Haare fuhr.

»Gabriel Korda wird davon erfahren«, widersprach Mitchell noch.

»Geh nur und berichte ihm«, ermunterte Henry ihn. »Übernimm Verantwortung, sei ein ordentlicher Satyr.«

Mitchell bekam keinen Ton mehr heraus, und Samuel genoss die Situation. Noch mehr hätte er sie genossen, wenn er Mitchell auf der Stelle hätte erdrosseln können. Jetzt aber musste er sich damit begnügen, dass er sah, wie Mitchell die Beine in die Hand nahm und sich davonmachte. Samuel sah Henry an.

»Danke, auch wenn ich nicht weiß, wofür. Ich bin immer noch im Käfig.«

Er sah, wie Henry näherkam. Über der Schulter hatte er Kleiderbügel, auf denen ein dunkler Anzug und ein dunkles Hemd hingen. Er hängte sie auf einen Haken an der Wand und stellte sich Samuel direkt gegenüber.

»Siehst du diesen Anzug?«, fragte Henry. »Ich habe ihn gebracht, damit du dich entscheiden kannst, ob du am Fest teilnimmst oder nicht. Wenn du dich entschließt, ihn anzuziehen, zeigst du, dass du verstanden hast, in welcher Position du dich bei uns befindest. Wenn nicht, bleibst du hier. Ich würde dich aber lieber mitnehmen.«

»Ich halte nicht alles für gut, was die Satyrn tun«, sagte Samuel.

»Magst du denn alles, was die Menschen tun?«, schmunzelte Henry. »Ich bin immer ein Satyr gewesen, so dass ich nicht ganz verstehen kann, wie schwer es dir fällt, diese Seite an dir zu akzeptieren, aber es hat viel Gutes, ein Satyr zu sein. Wir haben starke Gefühle, vor allem aber haben wir einen starken Willen. Es stimmt, dass die Lust auch zu Gier oder Hochmut führen kann …«

Samuel wusste, dass Henry jetzt an Korda dachte, und fragte sich, wie jemand wie Henry Lafayette unter die Herrschaft von Korda gekommen war. Dann schien Henry die unangenehmen Gedanken von sich abzuschütteln und sah Samuel wieder in die Augen.

»Es gibt auch die Lust zu lernen und zu wissen«, fuhr er fort. »Wir sind nicht alle gleich, wie die Menschen auch nicht.«

»Kann ein Satyr lieben?«, fragte Samuel. »Ein Mensch kann bedingungslos lieben, nur einen einzigen Menschen wollen und für diesen nur das Beste. Warst du jemals verliebt?«

Henry drehte wieder langsam den Kopf weg, ohne aber den Blick von Samuel abzuwenden. Es ging ihm anscheinend vieles durch den Kopf, doch Samuel konnte nur warten, bis er eine Entscheidung getroffen hatte. Es schien eine Ewigkeit zu dauern, dann aber lachte Henry nur leise und öffnete den Käfig.

»Zieh dich an und komm zum Fest«, sagte er. »Ich bin ein Satyr und kümmere mich um die Dinge von morgen, wenn es morgen wird.«

Samuels Herz schlug erleichtert. Noch konnte er etwas tun. Er stieg aus dem Käfig, zog sich schnell aus und schlüpfte mit Henrys Hilfe in den Anzug. Henry strich den Anzug glatt und packte dann plötzlich den Kragen mit beiden Händen.

»Du stehst vor einer Wahl«, sagte er leise. »Wenn du jetzt zum Fest kommst, ist es als Sohn des Herrschers deine Aufgabe, die Braut zu ihm zu führen. Schaffst du das?«

»Ja.«

21

Didi wurde wieder angekleidet. Sie dachte, noch einmal das Kleid vom Vorabend tragen zu müssen, doch als sie nun sah, wie man sie bei der Zeremonie erwartete, hätte sie es sich sogar zurückgewünscht. Man zog ihr ein hauchdünnes, hautfarbenes und einschultriges Kleid an, dessen Falten nichts verdeckten, sondern vielmehr jede einzelne ihrer Rundungen betonten. Auf die roten, lockig fallenden Haare bekam sie ein Diadem aus grünen Steinen gesetzt, das sehr antik aussah.

An der Tür standen zwei Satyrn, um sie an den Festort zu bringen. Die Nymphen wisperten aufgeregt, als sie noch ein letztes Mal Didis Saum zurechtzupften, dann war es an der Zeit zu gehen. Didi aber blieb auf dem oberen Treppenabsatz stehen. Wäre ich nun sehr theatralisch, würde ich mich hier hinunterstürzen, dachte sie. Theatralisch und völlig verzweifelt. Aber

Samuel kann noch irgendwo hier sein und für mich kämpfen, mit mir. Ich muss durchhalten und die Gelegenheit abwarten.

Didi drehte sich um und warf den Nymphen ein kleines Lächeln zu als Zeichen, dass sie bereit war, und dann gingen sie die breite, gewundene Treppe hinunter. Didi ging absichtlich langsam und bedächtig. Jede Sekunde konnte äußerst wertvoll sein. Dann bemerkte sie, dass sie sich bereits zum zweiten Mal an diesem Abend irrte, denn in der großen Halle roch sie den Abendwind und sah, dass die hohen Türen zum Garten hin offenstanden. Von dort drangen bereits Musik und Lärm bis nach innen. Didi war erleichtert. Sie würde nach draußen kommen, was die Fluchtmöglichkeiten bereits sehr verbesserte. Dann konzentrierte sie sich auf ihre Füße, damit sie in den hohen Schuhen nicht stolperte und in dem Kleid mit der riesigen Schleppe nicht zu Boden fiel.

In der Halle warteten mehrere Nymphen und Satyrn auf sie. Unten angekommen sah sie zuerst Henry, der auf sie zukam. Die Nymphen hatten bereits erzählt, dass man sie durch eine Ehrengasse zu Korda führen würde. Die Aufgabe war anscheinend dem angesehenen Henry zugekommen.

»Du bist wirklich wunderschön«, sagte er bewundernd. »Du ehrst uns alle.«

Didi senkte den Kopf ein wenig, um zu zeigen, dass sie die Worte gehört hatte, konnte aber nichts erwidern. Sie fürchtete, dass sie, würde sie etwas sagen oder tun, so zittern würde, dass man sie wegtragen musste. Das ging nicht. Sie wollte selbst aus dieser Sache herauskommen, wie es auch enden mochte. Sie nahm an, dass Henry ihr den Arm reichen würde.

»Wir warten noch auf deinen Begleiter«, bemerkte Henry und sah erwartungsvoll in die andere Richtung, und als Didi seinem Beispiel folgte, sah sie Samuel in die Halle eilen, der gerade noch den Kragen zuknöpfte und bei Didis Anblick stehen blieb.

»Der Sohn des Herrschers übergibt dich seinem Vater.«

Das war wie ein Schlag ins Gesicht, doch Didi konnte sich ihren Schock nicht im Geringsten anmerken lassen. Samuel wirkte völlig gelassen. Die Nymphen starrten sie erwartungsvoll an. Der Zeitpunkt war gekommen. Didi hob leicht den Arm, den Samuel nahm und gegen seinen Unterarm drückte.

Wenigstens für eine Sekunde will ich die Welt aus meinem Kopf verdrängen, betete Didi still, doch vergeblich, denn eine Truppe Satyrn kam hinter sie und zwang sie voranzugehen. Didi schritt wie benebelt zur Tür und zu den in den Garten führenden Marmortreppen. Das gesamte Festvolk, das bis dahin fröhlich in der

Abenddämmerung gefeiert und Speis und Trank genossen hatte, wandte sich ihnen zu und verstummte, aber nur für einen kurzen Moment. Dann brachen alle in Jubel aus.

Didi sah nach vorne. Der Garten war festlich geschmückt und beleuchtet. Es gab Laternen und Fackeln, Wimpel und Blumen, große Tische voller Wein und verschiedener Leckereien. Im Schutz von Pavillons standen Diwane, die mit Weinranken geschmückt waren. Ein wenig weiter weg spielte ein Orchester wilde Musik, die nach Klassik und Rock zugleich klang, und einige der Besucher tanzten bereits. Die Gäste waren unterschiedlich gekleidet, aber allesamt sehr festlich. Nymphen und Satyrn bildeten jetzt einen Gang, an dessen Ende sich ein großes Podest und ein Festtisch befanden. Auf einem von zwei vergoldeten Stühlen saß Gabriel Korda in einem strahlendweißen Anzug mit schwarzem Hemd. Hinter Korda, noch ein wenig im Schatten der Baumkronen, war eine gelbe Scheibe zu sehen …

Didis Herz schlug wild, was Samuel wohl spürte, denn er drückte mit seiner freien Hand kurz Didis Hand an seinem Arm. Dann gingen sie ein paar vorsichtige Schritte die Stufen hinab. Sie erreichten den Gang im Garten, und die ersten Satyrn kamen auf Didi zu. Die Nymphen hatten ihr auch diesen Teil der Zeremonie erläutert, so dass sie sich darauf hatte vorbereiten können, dass ein Satyr nach dem anderen sie küssen würde, einer auf das Gesicht, andere auf den Hals, den Nacken oder die Lippen, einer sogar auf die Brust. Henry war bereits an ihnen vorbeigegangen und wartete, bis er an der Reihe war. Als Didi bei ihm war, küsste er sanft ihr Ohrläppchen. Neben ihm stand Raoul, der ihr die Lippen auf das Schlüsselbein drückte.

»Sei glücklich«, meinte er lächelnd.

Wie können sie sich nur einbilden, dass ich glücklich werden könnte? Oder dass ich aus freiem Willen hier bin?, dachte Didi. Sie spürte den Mond bereits, und dieses Mal stärker als je zuvor. Als könnte sie die Hand heben und ihn berühren. Gerne hätte sie ihn angefasst und ihn heruntergerissen, damit er sie nicht mehr quälte. Samuels Wärme übertrug sich bereits auf ihren Bauch. Bisher war sie aufrecht gegangen, jetzt aber wurden ihre Beine wacklig. Sie atmete abgehackt. Und natürlich stand Mitchell als Nächstes vor ihnen. Didi musste über sich ergehen lassen, wie der Satyr seine Lippen an ihren rieb. Widerlich! Dann wollte sein blonder Gefährte die Braut als Nächstes grüßen, doch Mitchell schob ihn zur Seite, und Didi und Samuel durften ihren Weg fortsetzen. Didi konnte noch aus den Augenwinkeln Alfred Herms beobachten, der leicht seinen Hut hob. Neben ihm stand eine sehnige, braunhaarige Frau, die ihr einen Kuss zuwarf.

Schließlich standen sie direkt vor Korda. Der Satyr lächelte breit und entblößte die Zähne, stand dann auf und ließ den Blick über das Festvolk gleiten. Man pfiff anerkennend und ließ ihn hochleben. Dann verstummten alle. Nichts geschah. Didi war verblüfft. Was sollte jetzt kommen?

»Küss sie«, flüsterte Henry, der gekommen war, um Ratschläge zu geben, in Samuels Ohr. »Als Sohn des Herrschers übergibst du Desirée anschließend deinem Vater.«

Didi und Samuel sahen sich vorsichtig an. Didis Blick war flehend. Tu etwas, rette mich … Sie wusste aber, dass es gerade in diesem Moment keine Fluchtmöglichkeit gab. Sie mussten das groteske Schauspiel fortsetzen. Didi hob das Kinn. Samuel beugte sich vor und drückte einen zögerlichen Kuss auf die wartenden Lippen.

Wenn dies das letzte Mal ist, dann darf es noch ein bisschen dauern, dachte Didi und hielt Samuels Arm fest, um sicherzustellen, dass er sich nicht gleich von ihr losmachte. Das Festvolk schien den Atem anzuhalten, manche der Nymphen seufzten sogar auf. Didi konnte den Grund ahnen. Das Knotenmuster auf ihrem Bauch glühte, es zischte geradezu. Vielleicht übertrug sich der Effekt auch auf die Nymphen, oder aber das Glühen ging durch den dünnen Stoff hindurch. Sie wusste es nicht, und es war ihr auch egal. Für einen Moment hatte sie das Gefühl, dass sich eine drückende Gewitterstimmung ankündigte. Dann löste sie sich von Samuel. Es machte keinen Sinn, das Unvermeidliche noch länger hinauszuzögern, und wäre sie noch eine Sekunde länger an Samuels Arm geblieben, wäre sie nicht mehr davon weggekommen. Sie ging alleine ein paar Schritte nach oben, bis Gabriel Korda sie packte und ungestüm auf seinen Schoß zog. Die Satyrn klatschten und stießen auf das Paar an, die Nymphen tanzten begeistert. Henry aber ließ sowohl die Feiernden als auch das Orchester kurz verstummen.

»Unter uns Satyrn und Nymphen brauchen wir keine großen Feierlichkeiten, denn unser jahrtausendealtes Zusammensein hat uns bereits zusammengeschweißt!«, verkündete er. »Jetzt aber stehen wir auf der Schwelle zu einer neuen Zeit, da unser Herrscher sich die schönste aller Nymphen zur Frau nimmt. Desirée. Die Verbindung bestärkt uns alle und bringt uns mehr Reichtum und Macht, und eines Tages auch neue, starke Satyrn. In Erwartung all dessen schwören wir unserem Herrscher Gabriel Korda Gehorsam!«

Es folgte ein Rascheln, als alle Satyrn und Nymphen auf die Knie gingen und die Köpfe senkten. Korda sah sie anerkennend an. Dann breitete er gnädig die Arme aus.

»Esst, trinkt und tanzt!«, rief er allen zusammen zu, und das Festvolk stand wieder auf. Eine Hand hatte Korda fest um Didis Hüfte gelegt, mit der anderen machte er ein Zeichen zum Füllen seines Glases. Dann nahm er die Glückwünsche der Rudelanführer entgegen, und Didi stand wie ein zahmes Frettchen neben ihm, ein willenloses kleines Wesen, das von der Laune seines Herrn abhängig war. Jetzt war Korda vermutlich wohlgestimmt, denn zwischendurch fütterte er Didi immer wieder mit den von den Nymphen dargebrachten Leckereien. In Didis Mund schmeckte alles nach Sand, aber sie kaute, lächelte schief und beobachtete das Fest, das immer ausgelassener wurde. Die Satyrn umarmten die Nymphen, die sich willig auf das Spiel einließen. Die Musik wurde immer wilder. Irgendwann ließ Korda Didi los, die sich dankbar zum nächsten Stuhl begab und setzte.

Béata war für die Zeit der Zeremonie zu ihrer Kammerzofe ernannt worden und beobachtete neidvoll das Spiel im Garten, versuchte aber dennoch, sich so gut sie konnte um Didis Bedürfnisse zu kümmern. Didi wäre lieber alleine gewesen. Sie musste den Mond nicht sehen, um zu wissen, dass er immer höher stieg. Der Bereich um ihren Nabel fühlte sich an wie ein heißer Ball, der Hitze in all ihre Glieder ausstrahlte. Mal stockte ihr der Atem, mal hatte sie das Gefühl, bis in die Fingerspitzen zu brennen. Sie keuchte. Béata goss ihr mehr Champagner ein, den sie austrank, ohne etwas zu schmecken. Auf den bloßen Armen tauchten allmählich bläuliche Flecke auf, und sie bekam unendliche Angst. Der Einfluss des Mondes war stärker und tückischer als je zuvor. Was würde mit ihr geschehen, wenn sie mit Korda alleine wäre? Und wo war eigentlich Samuel? Sie mussten fliehen …

Plötzlich spürte Didi, wie sie aufgesogen wurde, wie in einen Tunnel. Sie drehte sich mit dem Luftstrom, ohne sich wehren zu können, und war dann irgendwo anders. Alles war elektrisch und knisterte. Das Brennen des Knotentattoos wurde zu Energie, die glühende blaue und weiße Strahlen von sich gab. Didi stand auf einem Feld, auf dessen einer Seite angenehm schönes Wetter war, auf der anderen aber ein Sturm herrschte. Und mitten auf dem Feld stand Matilda in einer kurzen Tunika und kümmerte sich nicht darum, dass ein wilder Sturm an ihr zerrte. Sie lächelte und hob die Hand. Didi erkannte die Gegenstände in Matildas Hand sofort. Es waren die Nomos-Dolche.

Wenn Matilda nicht aufpasste, würde bald der Blitz in sie einschlagen, sie zerteilen …

Didi schüttelte sich aus dem Wachtraum. Korda

prahlte immer noch vor einigen Satyrn, gerade wohl mit seinen neuen Erfolgsgeschichten, und das Fest ging weiter. Die Feiernden aber sahen Didi und Korda etwas unruhig an. Das hatte auch der Herrscher bemerkt. Er streckte die Hand aus, wies die anderen vom Podest und zog Didi dann erneut an sich.

»Es wäre natürlich lustig, die Gäste noch ein wenig warten zu lassen, denn sie dürfen sich nicht vor uns vereinen«, flüsterte er und küsste Didis Ohr. Sie bekam Gänsehaut und versuchte, sich loszureißen. Der Satyr war aber viel stärker.

»Wollen wir nicht dem Volk geben, was das Volk will?«

Henry hatte Kordas Absicht anscheinend bemerkt, denn mit einem Sprung war er auf dem Podest und stand am Tisch. Weingläser und Speisen machten die Runde, und die Feiernden klatschten fordernd in die Hände. Didi erkannte inzwischen die mächtigeren Satyrn, die zum Konklave gehörten und die jetzt zum Palast gingen.

»Bald ist der Mond voll!«, rief Henry laut.

»Unser Herrscher will die Nacht mit der schönen, rothaarigen Desirée beginnen. Lassen wir ihn gehen?«

Die Satyrn brüllten, und die Nymphen jauchzten, alle trampelten mit den Füßen. Es schien alles bereit für die nächste Phase der Feier.

Die Eifrigsten zogen bereits die sie beengenden Kleider aus. Korda lachte vor Freude, Didi aber bekam Angst. In der wogenden Masse erkannte sie Samuel, der versuchte, zu ihr zu kommen. Raoul aber führte ihn entschieden in die entgegengesetzte Richtung.

»Gut, wir haben verstanden!«, rief Henry heiter. »Werter Gastgeber, lass uns die Zeremonie zu ihrem Ende führen, damit auch wir anderen diese wundervolle Nacht genießen können!«

Da erschienen hinter Korda zwei Satyrn mit bereits nacktem Oberkörper, die Didi packten, sie mühelos auf einen Sitz erhoben, der aus ihren Armen bestand, und sie zum Palast trugen. Zwei weitere Satyrn taten dasselbe mit Korda. Die Türen zum Festsaal wurden geöffnet. Das Erste, was Didi sah, war die hell leuchtende Statue. Wie das Fest weiter ablaufen würde, wusste sie nicht, denn diese Phase hatten ihr die Nymphen nicht erläutert. Dann sah sie ein breites Bett, das im Saal aufgebaut war. Dann Stühle, auf denen die Satyrn des Konklaves saßen.

22

Didi **hatte erwartet**, dass man sie in Kordas Schlafzimmer bringen würde. In ihr hatte sich Energie aufgestaut, die sich selbständig zu machen schien. Als frische Nymphe war es ihr gelungen, den großen Erik Mann zu paralysieren, und sie war sich sicher, dass sie Korda jetzt noch effektiver betäuben konnte. Aber was konnte sie tun? Der Saal war voller Satyrn. Und die noch drängendere Frage war, was man mit ihr machen würde. Sie konnte jedoch nicht länger darüber nachdenken, da man sie nicht ins Bett trug, wie sie vermutet hatte, sondern auf ein kleines Podest der Statue gegenüber. Dort wurde sie abgestellt und konnte nur abwarten.

»Meine verehrten Herren«, sprach Korda die Satyrn mit tiefer Stimme an und wies auf die Statue.

»Das ist das Kunstwerk, in das ich all die Jahrhunderte lang mein Können und Wissen gesteckt habe. Und hier ist Desirée, die ich mir, der Statue bis ins kleinste Detail gleich, von den Göttern bestellt habe. Ich hatte einen Wunsch frei als Gegenleistung für einen selbstlosen Einsatz, und so hat man mir eine perfekte Gattin geschaffen. Durch diesen Bund werde ich stärker sein als je ein Satyr vor mir. Der Tradition gemäß seid ihr hier, um die Vereinigung des Herrschers mit seiner Gattin zu bezeugen.«

Da stand Korda auch schon neben Didi und riss ihr geschickt den hauchdünnen Stoff vom Leib. Didi wollte schon die Hand heben, um sich zu bedecken, sah dann aber Kordas zufriedenes Gesicht und rührte sich nicht.

Seht nur her, dachte sie. Zumindest die Befriedigung, dass ich meine Angst zeige, gestatte ich ihm nicht. Außerdem schien der enorme, fast weiße Mond durch die großen Fenster herein. Zuvor hätte sie ihn vielleicht vermieden, aber jetzt wollte sie in seinem Licht baden. Lieber starb sie, als das hier weitergehen zu lassen.

Korda ging um Didi herum, besah jede Rundung wie ein Experte.

Das habe ich doch geträumt!, dachte Didi. Ich hielt es für einen Albtraum, aber das hier ist noch furchtbarer. Dennoch bewegte sie sich kein bisschen, als Korda ihr die Hand auf den Hintern legte und sie zwischen die Beine wandern ließ. Sie konnte bereits seinen schweren Atem spüren. Oder war es das Unwetter, das näher kam? Sie konnte die verschiedenen Empfindungen nicht mehr auseinanderhalten. Wie im Nebel hörte sie, wie das Konklave in Applaus ausbrach, als Korda sie in den Arm nahm und auf die rote Seidendecke des Betts trug. Trotz der Dunkelheit konnte sie sehen, wie zwei Nymphen erschienen, um Korda auszuziehen. Dann lag der Satyr völlig nackt neben ihr. Auch Didis eigener Atem wurde schneller. Der Mond schien, und ihre Lust wuchs, je näher er kam. Sie legte den Kopf ein wenig zurück, und Korda drückte ihr einen Kuss auf die Lippen. Seine Augen wurden immer röter, und die Hörner kamen dick und rund aus seiner Stirn, während er gleichzeitig eine Erektion bekam. Er wartete, bis die Hörner zu voller Größe ausgewachsen waren. Die anspornenden Rufe der Satyrn hallten im Saal wider. Didi erwiderte Kordas Kuss. Der Mond ließ ihr Inneres zu einer heißen Flüssigkeit werden. Ihre Gelenke taten bereits weh, die erste Schmerzwelle kündigte sich an. Sie hob die Arme über den Kopf, und Korda bestieg sie und wartete, dass sie ihre Beine für ihn öffnete. Er war bereit. Der Mond ließ Didis Lust stärker werden, und bald würde sie sich mitreißen lassen.

Vielleicht wäre es sogar eine Erleichterung. Sie wäre

dann die Gattin des Herrschers mit allen Annehmlichkeiten und Samuel …

Der Mond erzeugte schneidende Schmerzen in ihr, doch der Gedanke daran, dass sie nie mehr mit Samuel zusammen sein würde, tat noch mehr weh. Sie würde nie mehr seinen Duft riechen, und Kordas Lippen wären die einzigen, die ihre küssten. In diesem Moment spürte Didi, wie sich die Energie in ihr befreite. Sie riss ihre Augen auf und biss Korda in die Unterlippe, so dass der Satyr sie böse ansah, als wäre sie dem Herrn nicht unterwürfig genug. Didi hörte nicht auf, und Kordas Augen wurden vor Wut immer größer. Sie atmete in seinen Mund, und der Satyr räusperte sich. Didi legte die Hand auf Kordas Brust. Ihre Augen glühten wie Feuer, und sie konzentrierte all ihre Kraft auf die Hände, die sie gegen Korda presste, als könnten sie in seiner Brust versinken.

Korda jaulte laut auf. Das Geräusch ließ die Fenster erbeben und die Satyrn in Bewegung kommen. Das gesamte Konklave sprang auf, doch die mächtigen Satyrn waren nur noch in der Lage, sich schwankend nach vorn zu bewegen. Mit beiden Händen hielten sie sich die gehörnten Köpfe und schrien. Korda selbst zitterte und wankte von einer Seite zur anderen, aber Didi hatte nicht die Absicht, aufzuhören. Die Energie war berauschend. Sie ließ sie heraus, ohne sie auch nur ein bisschen einzudämmen. Ihre Augen standen offen, während sie gleichzeitig in einer anderen Dimension dahinjagte. Sie sah Kati, die kraftlos auf dem Boden zappelte, Frida, die mit ihren Nägeln ein Laken zerriss, Tia und Daniel, die sich im Gewächshaus in die Arme gefallen waren … Dann sah sie, wie das Knotenmuster in Matildas Nacken rauchend brannte, als hätte man es gerade mit einem Eisen eintätowiert.

Didi konzentrierte sich weiter. Sie spürte, dass sie noch Energie übrig hatte, und diese wollte sie nutzen. Ein rasender Strom übertrug sich von ihr auf Gabriel Korda. Schäumender Speichel und Blut flossen aus dem Mund des Satyrs, seine Augen waren verdreht, und als Didi endlich die Hand losmachte, brach er auf dem roten Laken zusammen und rutschte mit der Decke wie ein geschlachtetes Tier vom Bett.

Didi schnaufte. Es hatte sich gut angefühlt. Sie blieb kurz auf dem Bett liegen und streckte sich. Dann nahm sie eine Ecke des Lakens, wischte sich damit die letzten Spuren von Kordas Kuss ab und spähte über den Bettrand. Korda lag inmitten einer roten Pfütze; es war unmöglich zu sagen, ob er lebte oder tot war. Dann sah Didi zur anderen Seite des Betts, wo im dunklen Saal eine ganze Gruppe von Satyrn übereinander mit zum Teil ausgestreckten Gliedern und schmerzverzerrten Gesichtern lag.

Ich habe das getan? Didi stellte sich diese Frage beinahe laut. Dann lauschte sie. Im Palast war es still und dunkel, auch von draußen waren keine Geräusche mehr zu hören. Dort hatte sie Samuel zuletzt gesehen. Plötzlich hatte sie es eilig. Sie schnappte Kordas schwarzes Hemd, das die Nymphen auf einen Stuhl gelegt hatten, nachdem sie es ihm ausgezogen hatten, und zog es sich ein wenig angeekelt an. Sie hatte jetzt keine Zeit, wählerisch zu sein, sondern musste schnellstens Samuel finden. Sie rannte nach draußen und ließ ihren Blick schweifen. Die Feiernden lagen auf dem Boden, die Tische mit Speisen und Getränken um sie herum. Als hätten die Nymphen und Satyrn auf die Erlaubnis gewartet, das wilde Bacchanal anfangen zu dürfen … Das Ende war sicher anders, als sie es erwartet hatten. Auch Didi war überrascht. Sie versuchte jetzt, ihren Blick zu schärfen und Samuel in der Menge auszumachen, sah ihn aber nirgends.

Wo kann er nur hingegangen sein? überlegte sie. Dort war der blonde Henry, die Hände am Ohr und vor Schmerz gekrümmt … Aber wo war Raoul? In seiner Gesellschaft hatte Didi Samuel zuletzt gesehen.

Sie raste, zwei Stufen auf einmal nehmend, die Treppe hinunter und um die vor Schmerz betäubten Gäste herum. Schließlich sah sie Raouls schönes, türkisfarbenes Hemd. Sie rannte zu ihm und sah sofort, dass Samuel unter ihm lag. An der Position war zu erahnen, dass Raoul versucht hatte, Samuel mit letzter Kraft zu beschützen, denn ein paar Meter weiter lag Mitchell langgestreckt auf dem Rasen und hielt einen zweischneidigen Dolch in der Faust. Raoul war schwer, aber Didi bekam ihn dennoch irgendwie von Samuel herunter. Erschrocken sah sie ihn an. Samuel sah aus, als wäre er tot. Didi hatte es nicht gewagt, sich vorzustellen, dass sie eine solche Kraft hervorbringen konnte. Sie erkannte sich nicht einmal selbst, als sie aus ihr heraustrat. Dann wagte sie doch, Samuels Puls zu fühlen, und atmete auf. Sie spürte etwas, wenn auch schwach. Vielleicht waren auch die anderen noch am Leben und nur für eine Zeit lang außer Gefecht. Sie musste fliehen und Samuel von hier wegbringen, solange es noch möglich war. Würde Korda wieder zu sich kommen, wäre seine Rachsucht unvorstellbar. Didi war noch im Rausch ihrer eigenen Kraft gewesen, aber als sie Samuel anfasste, spürte sie wieder den schneidenden Schmerz in sich. Sie wandte ihr Gesicht dem gewaltigen Mond zu. Er schien sie zu verhöhnen, die bedauernswerte kleine Nymphe, die für einen Moment gedacht hatte, seiner Macht ebenso wie den Satyrn entfliehen und den einzigen Mann mit sich nehmen zu können, den sie geliebt hatte. Didi sah, wie sich riesige schwarze Flecke auf ihrer Haut ausbreiteten, und ihre Augen wurden milchig. Ihre Kraft wurde mit jedem Moment weniger. Wie dumm war sie, dass sie gedacht hatte, fliehen zu können? Sie ließ sich neben Samuel zu Boden sinken und wusste, dass sie nie mehr aufstehen würde. Kordas Kuss würde ihr letzter gewesen sein.

Didi drückte die Wange an Samuels, die noch warm war. Ihr Atem stieg schwer in die Nachtluft. Sie wollte ihm sagen, dass sie bis zum Schluss bei ihm war. Vielleicht würde er es nie erfahren, aber Didi konnte sich noch von Kordas Kuss befreien. Sie erhob sich so viel, dass sie Samuel auf die Lippen küssen konnte …

Nein, nicht alles durfte vergebens gewesen sein, dachte sie. Wenn sie die Kraft gehabt hatte, Korda zu stoppen, den sie hasste, dann musste sie auch die Kraft haben, denjenigen zu retten, den sie liebte. Sie musste Samuel nur in Sicherheit bringen, danach war sie selbst nicht mehr so wichtig. Der Mond würde sie bekommen, wenn er das wollte, aber erst dann. Sie presste die Hände auf den Boden und kämpfte sich hoch. Der Schmerz kam in großen Wellen, aber sie spürte auch, wie ihre Kraft wieder wuchs. Sie atmete tief durch, packte Samuels Hände und zog ihn zum Vorgarten des Palastes. Sie wusste nicht, was sie tun sollte, wenn sie dort angelangt war, aber vom Festort musste sie weg. Ihr Herz zerbarst fast, als sie auf der anderen Seite des

Palastes ankamen. Samuel hatte keinerlei Lebenszeichen von sich gegeben. Didi sah in der Dunkelheit der Nacht zum Tor. Hoffentlich war es nicht verschlossen. Sie wusste nicht, wie sie Samuel noch bis dorthin ziehen sollte, aber danach konnten sie versuchen, in Sicherheit zu kommen, oder aber jemand konnte ihnen helfen. Sie mussten es versuchen.

Didi zuckte zusammen. Auf der Haupttreppe des Palastes saßen zwei Gestalten mit Champagnergläsern in der Hand. Sie kniff die Augen ein wenig zusammen und erkannte dann den Mann mit dem Hut und seine Gefährtin. An den Füßen der sehnigen Frau lagen zwei Windhunde, die jetzt neugierig aufstanden und schnupperten. Didi war im Nu auf der Hut. Herms war unheimlich und unberechenbar, und die Frau kannte sie überhaupt nicht. Die Frau rief die Hunde leise, und sie trabten friedlich zu ihr zurück. Alfred stand auf und winkte Didi zu. Sie ließ Samuel los, blieb aber bei ihm stehen, als Alfred mit langen Schritten auf sie zukam.

»Gehst du?«, fragte Alfred direkt. »Wir überlegen das auch. Das Fest war irgendwie so schnell vorbei, und Diana braucht einen Tapetenwechsel.«

»Hier ist ja nichts los!«, rief die Frau hinter Alfred und streichelte ihre Hunde.

»Ich finde allerdings, dass du zu übereilte Entscheidungen triffst, Desirée«, meinte Alfred ruhig. »Du bekommst noch Zeit, um nach deinem eigenen Willen zu handeln, aber ich habe dich Gabriel Korda zur Frau versprochen. Zwingst du mich, meine Worte zu widerrufen?«

»Ich werde nie Korda gehorchen«, zischte Didi. Wieder spürte sie, wie ihre Kraft nachließ. Ihre nackten Arme und Beine waren voller blauer Flecke. Diana streckte sich genüsslich und kam zu ihnen. Sie sah Didi aufmerksam an, als wäre sie ein Vogel, der sich die Flügel gebrochen hatte und den man vielleicht besser tötete.

»Wenn du jetzt von hier weggehst, wird Gabriel dich nie in Ruhe lassen«, meinte Diana und lachte heiter. »Er wird dich unermüdlich jagen, so, wie ich meine Beute jage.«

»Und die ganze Welt wird darunter leiden«, fuhr Alfred fort. »Du weißt sicher, was passiert, wenn man sich gegen die Götter auflehnt?«

»Die Satyrn werden bald wieder zu sich kommen«, sagte Diana. »Bis jetzt hat Alfred dich beschützt, aber wenn du gehst, bist du auf dich allein gestellt.«

Didi hatte das Gefühl, nicht die Hälfte dessen zu verstehen, was die Götter sagten, aber das machte ihr nichts. Sie hatte ihre Entscheidung getroffen.

»Ich will Samuel retten«, sagte sie. »Helft mir dabei.«

»Das hättest du doch gleich sagen können«, meinte Alfred Herms. »Dort steht unser Auto. Nimm es und fahr, so weit du kommst … Aber mehr kann ich nicht für dich tun, Nymphe Desirée. Wenn du es weit genug schaffst, heil dich selbst.«

»Und Samuel? Kommt er durch?« Didi fiel es nicht leicht, die Frage zu stellen.

Herms hob die Handfläche zum Zeichen, dass es an der Zeit war zu schweigen. Dann schnippte er mit den Fingern, und Samuels Augen öffneten sich. Er starrte erst Didi verwirrt an, dann Herms und Diana.

»Jetzt müsst ihr aber los«, sagte Diana. »Alfred hat auch alle anderen geweckt.«

Aus dem Palast war ein Brüllen zu hören, das Dianas Worte bestätigte. Gabriel Korda war bei Bewusstsein und außer sich vor Wut. Alfred hielt den Autoschlüssel hoch, Didi schnappte ihn sich und zog dann den verwirrten Samuel mit sich. Sie sprangen in den schnellen Sportwagen, Didi ließ den Motor an, und dann jagten sie unter dunkelvioletten Wolken in Richtung Tor, das sich wie von selbst öffnete.

»Didi, der Mond, deine Haut …« Samuel war immer noch nicht ganz bei Bewusstsein und konnte noch nicht einmal eine Frage formulieren.

»Alles ist gut«, sagte Didi. »Wir müssen uns nur ein bisschen beeilen.«

Sie erreichten die Straße, und Didi musste kurz anhalten, denn dort standen zwei Autos, die zusammengestoßen waren, und daneben lagen reglose Menschen. Dann trat Didi wieder aufs Gas. Jede Sekunde war wichtig. Alfred Herms würde ihnen sicher nicht mehr helfen, und bald würde man sie überall suchen. Budapest blieb schimmernd hinter ihnen zurück, als Didi wie eine Wahnsinnige so lange fuhr, wie sie nur konnte. Der Mond ließ sie innerlich heiß werden, und als der Schmerz unerträglich wurde und sie die Straße vor sich nicht mehr sehen konnte, ließ sie Samuel ans Steuer, der das Auto in den Schutz des Waldes lenkte.

»Hilf mir raus«, befahl sie mit rauer Stimme. Sie fühlte die ersten schweren Regentropfen auf der Haut, die durch die Baumkronen fielen. Samuel beeilte sich und hob sie vom Sitz. Didi stützte sich mit beiden Händen auf die heiße Motorhaube. In diesem Moment riss der Himmel krachend auf.

Der Regen peitschte sie, stieg dampfend vom Auto auf und durchnässte sie im Nu. Didi stöhnte, stand jetzt aber selbständig und riss sich Gabriel Kordas Hemd vom Leib. Sie stand nackt im Regen und spürte die reinigende Kraft jedes einzelnen Tropfens auf ihrem Körper. Der Blitz schien neben ihnen einzuschlagen, aber Didi kümmerte sich nicht darum. Die elektrisch geladene Luft gab ihr Kraft. Sie drehte sich zu Samuel um und wollte ihn mehr als je zuvor. Sie selbst war heiß und feucht wie der Sommersturm, der sie beide vor der restlichen Welt verbarg. Sie zog Samuel an sich, etwas anderes brauchte sie nicht mehr.

Ich habe dich besiegt, Mond, deklamierte sie lautlos. Ich bin nicht mehr deine Gefangene, denn ich darf mit dem zusammen sein, den ich liebe.